united
p.c.

Alle Rechte der Verbreitung, auch durch Film, Funk und Fernsehen, fotomechanische Wiedergabe, Tonträger, elektronische Datenträger und auszugsweisen Nachdruck, sind vorbehalten.

Für den Inhalt und die Korrektur zeichnet der Autor verantwortlich.

© 2016 united p.c. Verlag

Gedruckt in der Europäischen Union auf umweltfreundlichem, chlor- und säurefrei gebleichtem Papier.

www.united-pc.eu

Ira Castellan

unwissend (un)schuldig

**ÖFFENTLICHE BÜCHEREI
der Pfarre Rehhof**
5400 Hallein, Tuvalstr. 16
E-Mail: rehhof@bibliotheken.at

Vor 14 Jahren

Licht – Licht – Licht – Licht.
In regelmäßigen Abständen drang schwach das Licht von den LED – Lampen an der Decke durch seine Augenlider. Kurz hatte er wieder das Gefühl, im Autobahntunnel zu sein.

Licht – Licht – Licht – Licht.
Er versuchte, seine Augen zu öffnen, doch er konnte es nicht. Er brauchte es auch nicht. Er konnte auch hinter verschlossenen Lidern sehen, was passiert war. Kurz und verschwommen tauchte ein Fetzen eines Songs in seinem Kopf auf und seine grölende Stimme, die ihn fast übertönte.

Licht – Licht – Licht – Licht.
Dann der Zusammenprall, immer wieder das grausame Geräusch von Metall auf Metall, quietschenden Bremsen und das Knacken von gebrochenen Knochen. Der Geruch von Eisen, warmem, flüssigem Eisen…
Und dann war es dunkel.
Und dann kalt.

Licht – Licht – Licht – Licht.
Seine Umgebung veränderte sich. Es gab jetzt nur noch ein gleißendes Licht und er wurde auf einen harten Untergrund gelegt. Der Film vor seinen Augen stoppte nur kurz, um das zu registrieren. Dann war da Wasser. Überall war Wasser.
„Sir? Können Sie mich hören? Ich glaube, er ist aufgewacht!"
Diese Stimme gehörte nicht zu seiner Erinnerung, denn da war es still.
„Sir, Sie sind hier in einem Krankenhaus, Ihnen wird gleich ein narkotisierendes Mittel verabreicht, damit wir

Sie operieren können. Alles wird gut", die Stimme gehörte einer Frau, doch es interessierte ihn nicht.

Er suchte etwas.
Etwas fehlte in seiner Erinnerung.
 „Wie heißt der Mann?"

1. Kapitel

„Rebecca Gardner", antwortete ich der Sekretärin. Sie lächelte und fing an, die Berge von Zetteln auf ihrem Schreibtisch zu durchwühlen. Währenddessen sah ich mich verstohlen um. Die Schule war in den letzten Ferien restauriert worden, man konnte die frische Farbe noch riechen. Das Sekretariat wurde durch einen himmelblauen Tresen, der von Topfpflanzen besetzt worden war, von dem Wartebereich abgetrennt. Die Wände wurden von bunten Handabdrücken der Schüler des letzten Abschlussjahrgangs geziert und Sessel, die man auch in den Besuchsräumen von Gefängnissen fand, luden nicht gerade dazu ein, es sich gemütlich zu machen.

„Ah, hier ist er!", rief die Sekretärin mit einem zufriedenen Lächeln im Gesicht. Die rundliche Dame mit den grauen Löckchen wedelte demonstrativ mit dem Blatt, auf dem mein Stundenplan stand, bevor sie ihn mir gab.

„Vielen Dank, Mrs…- Miss Havisham!", ich sah noch einmal auf ihr Namensschild, das sich zu Recht hinter einem Topfbonsai versteckt hatte und sah, dass ich mich nicht, wie erhofft, verlesen hatte.

„Keine Ursache, Kindchen. Dein erster Kurs ist in der Klasse 3E, da gehst du am besten gleich die Treppe da vorn hoch, bis in den dritten Stock und dann an den Damentoiletten vorbei und schon stehst du direkt davor", wieder strahlte sie mich an und langsam bekam ich wirklich Angst vor der Frau.

„Danke. Schönen Tag noch!", ich war schon durch die Tür, bevor Miss Havisham mir antworten konnte. Ich las auf dem Weg nach oben meinen Stundenplan. Von neun bis eins Unterricht, dann zwei Stunden Pause, nachmittags Aktivitäten von drei bis sechs und dann Feierabend. Oder nicht ganz, es gab ein Lagerfeuer, bei dem man erscheinen musste, das war um neun. Na toll. Ich hatte mir meine Sommerferien anders vorgestellt! Dieses

Camp, wie die Veranstalter es nannten, war eigentlich eine Art Einstufungstest für künftige Schüler. Die Plätze an der *Independence School of Sciens and Languages,* kurz ISSL, waren äußerst begehrt und es war anscheinend schon eine Ehre, an diesem Sommercamp teilnehmen zu dürfen.
Für mich war es eher die Hölle auf Erden. Ich konnte nicht gut mit Leuten in meinem Alter umgehen und jetzt musste ich meinen Sommer ausschließlich mit ihnen verbringen.
Meine Fächer vormittags waren ein Leistungskurs Englisch, ein Leistungskurs Französisch, Politische Bildung und internationale Literatur. Ich seufzte bei diesem Anblick nur. Wenigstens hatte Mom mir Literatur gelassen.
Das Besondere an dieser Schule war, dass man sich vier Fächer, die man für den späteren Berufsweg brauchte, aussuchen konnte und nur in diesen unterrichtet wurde. Ich hatte eigentlich eine feste Vorstellung von dem, was ich werden wollte, doch offenbar waren meine Eltern anderer Meinung. Vermutlich wollten sie mich zur ersten Präsidentin der Vereinigten Staaten machen.
„Hey!", jemand rempelte mich an und völlig aus meinen Gedanken gerissen hielt ich mich am erstbesten fest, dass meine Hand fand. Blöderweise war es der Smoothiebecher des Typen, der in mich hineingerannt war und der natürlich nicht standhielt. Der Druck meiner Hand ließ den Inhalt des Bechers nach oben schnellen und über meinen Arm laufen. Erschrocken ließ ich los, drohte nach hinten zu kippen, doch konnte mich gerade noch an dem Geländer festhalten, wobei allerdings meine Tasche von meiner Schulter rutschte und ein Stockwerk weiter unten liegen blieb. Und das war innerhalb der zwei längsten Sekunden meines Lebens passiert.
Ich stand kurz perplex da, als der Junge, dessen Smoothie jetzt auf seinem T-Shirt klebte, „Idiotin" murmelte und ging.

Mein „Entschuldigung" kam etwas zu spät, er war schon fluchend die Treppe hinunter gelaufen.
Ich ging wieder hinunter, um meine Tasche zu holen. Sie war eine alte Kuriertasche aus abgewetztem Leder, deren Schnallen, mit denen man sie verschließen konnte, schon lange kaputt waren. Deshalb lag ihr Inhalt auch quer über den Boden verstreut. Möglichst unauffällig suchte ich alles zusammen, als mir auffiel, dass mein Buch fehlte.

„"(...)der zweite Grund ist, dass in der Liebe jeder zuerst an sich denkt₁". Respekt. Dumas ist keine leichte Lektüre. Und auf Französisch schon gar nicht." Der Junge, der mir die Textstelle, bei der ich gerade war, einwandfrei übersetzt hatte, fiel mir erst jetzt auf.
Er kam mir die letzten paar Stufen entgegen und las scheinbar interessiert in „Die drei Musketiere". Die etwas zu langen blonden Locken fielen ihm dabei äußerst vorteilhaft ins Gesicht. Überhaupt war der große Junge mit den hohen Wangenknochen und dem Hemd sehr attraktiv.
In Gedanken ging ich schnell mein Outfit durch. Brille, Springerstiefel, zerfetzte Jeans, schulterfreies T-Shirt mit breitem Schal und die mausbraunen Haare hingen völlig ungestylt bis zur Mitte meines Rückens. Geschminkt war ich auch kam. Nicht sehr attraktiv.
Ich hockte wie versteinert vor meiner Tasche und starrte ihn an. Er blickte mit nachdenklichem Blick vom Buch auf und musterte mich. Ich kannte diesen Blick und sofort war meine Starre gelöst.
  „Lass mich raten: einer der Nerds aus dem Französisch Leistungskurs, der sich gerade noch verkneifen konnte, nicht mit französischem Akzent zu sprechen?" Wütend nahm ich ihm mein Buch ab.
  „Du hast „Baguette-Fresser" und „arrogant" vergessen! Denn das sind doch weitere Adjektive für Nerds aus dem Französisch Leistungskurs, oder nicht?" In seinen

Augen blitzte etwas auf, ich konnte es nur nicht benennen.

„Dazu wollte ich gerade kommen", blitzte ich zurück.

„Wieso liest du überhaupt die Bücher anderer Leute?"

„Ich habe gesehen, was passiert ist und wollte dir helfen. Da bin ich auf das Buch gestoßen. Hätte ich gewusst, dass es der lebendig gewordenen Mylady de Winter gehört, hätte ich tunlichst die Finger davon gelassen!". Am liebsten hätte ich mit meinem Kopf ein Loch in die Wand geschlagen. Als ich nichts sagte, brach er das Schweigen.

„Schönen Tag noch!", er hob meine Tasche auf, drückte sie mir in die Hand und ging, zwei Stufen auf einmal nehmend, die Treppe hinauf.

Ich schlug mir mit der Hand gegen die Stirn. Das war mal wieder ein typisches Beispiel meiner „Ich-stoße-jeden-mit-einem-Betonpfeiler-vor-den-Kopf" Nummer.

Er hätte mich aber nicht so ansehen dürfen, das machte mich immer aggressiv. Keine Ahnung wieso, doch ich war immer das Gaff-Objekt – bei Männern und Frauen. Und mit Aufmerksamkeit konnte ich nun mal nicht umgehen.

Mit etwas Glück wäre der Typ sowieso in keinem meiner Kurse, redete ich mir ein und trat entschlossen in die Klasse. Ich war zu früh dran, also suchte ich mir einen Platz hinten in der Ecke und fing an zu lesen.

Die Ankunft der anderen Schüler bemerkte ich kaum, mein Buch nahm mich voll und ganz ein.

Als die Schulklingel losging und ich vor Schreck beinahe meine Lektüre fallen gelassen hätte, bemerkte ich erst, wie viele in diesen Kurs gingen. Wir mussten beinahe dreißig sein. Ich sah auf meinen Stundenplan – Literatur. Das war allerdings ungewöhnlich.

Ich sah eine große Gruppe Mädchen, die alle so aussahen, als würden sie sich nicht wirklich für Literatur interessieren, höchstens für die fünf Wörter, die in ihren Modemagazinen standen.

Ich ließ meinen Blick durch den Raum schweifen und konnte mir ein gutes Bild von allen machen. Neben dem Fenster standen sechs Jungs mit Collegejacken und Turnschuhen, die Sportler, die noch Fächer gebraucht hatten, um angenommen zu werden. Und Literatur war ein leichtes Fach.
Neben der Tür drückten sich ein paar brav gekleidete Nerds rum, die vermutlich schon das ganze Lehrbuch auswendig gelernt hatten und die Meinung der Autoren zu jedem einzelnen Werk vollkommen übernommen hatten.
Um einen Tisch versammelt standen die, deren Eltern ihr Stipendium wohl durch Connections oder Geld bekommen hatten, die ‚Southern Royals', wie Dad und ich sie nannten. Ich sah sie mir genauer an. Markenklamotten, die Jungs teure italienische Lederschuhe, vermutlich handgemacht, die Mädchen perfekt geschminkt und die Haare aus dem Gesicht gekämmt. Eine Blonde mit einer peinlich geraden Kurzhaarfrisur schien die Anführerin der Royal Ladies zu sein.
Auch bei den Jungs saß bei jedem das Hemd und die Frisur perfekt, bis auf einen, dessen blonde Locken…- *oh, Scheiße!*
Ich rutschte panisch halb unter meinen Sessel. Da stand D'Artagnan – ich meine, der Typ, der mir Dumas übersetzt hat – und erzählte wahrscheinlich gerade der lachenden Gruppe zwanghaft erwachsen Gewordener von dem komischen Mädchen, das so gar nicht ladylike erzogen wurde und Smoothies über anderer Leute T-Shirt kippt.
Verzweifelt sah ich mich um und versteckte mich schlussendlich hinter meinem Buch. Zaghaft blickte ich über den Seitenrand zu dem Blonden, doch der war ganz mit sich und seiner Meute beschäftigt, die ihm alle begeistert an den Lippen hingen. Trotzdem entspannte ich mich erst wieder, als der Lehrer den Raum betrat. Ich packte mein Buch weg, setzte mich gerade hin… und

starrte geradewegs in das Gesicht des Jungen, den ich ab jetzt einfach D'Artagnan nannte.

„Dass ich dich hier treffe, wundert mich nicht", er grinste mich an und ließ sich auf den Sessel neben mir fallen.

„Mich auch nicht, aber die Hoffnung stirbt zuletzt!", gab ich zurück und starrte nach vorne, um unsere Unterhaltung damit zu beenden. Doch er gab nicht auf.

„Wie heißt du eigentlich?"
Genervt wandte ich mich ihm zu.

„Weißt du, eigentlich habe ich nicht vor, noch viel mit dir zu reden, also wäre es sinnlos, wenn ich dir meinen Namen verrate", ich drehte mich wieder zum Lehrer, denn seine Augen machten mich wirklich nervös. Es waren „Amazed-Eyes", so nannte ich sie zumindest. Sie waren so hellblau, dass sie unglaublich unnatürlich aussahen. Und unverschämt gut.
Ich schüttelte den Kopf, um den Gedanken zu vertreiben, doch er blieb haften. Es half auch nicht, dass ich aus dem Augenwinkel sah, wie er mich weiterhin beobachtete. Als der Lehrer zu reden anfing, sah er endlich nach vorne.

„Hallo und herzlich willkommen im Einführungskurs Literatur. Mein Name ist Noah Streatfield und ich werde euch gleich in Zweierteams für das Projekt, an dem jedes Team diese Woche arbeiten wird, einteilen."
Mr. Streatfield fiel in die Altersklasse Student. Er trug beige Bergsteigerhosen und ein körperbetonendes Muskelshirt. Er sah aus wie ein Bodybuilder mit schwarzen Haaren, sonnengebräunter Haut und blendend weißen Zähnen, weshalb die Royal- und ein paar der Nerdladies aus dem Schmachten gar nicht mehr herauskamen.

„Nebenfach Rugby und Lieblingsmahlzeit rohe Eier, jede Wette", flüsterte D'Artagnan und ich musste beinahe kichern, denn ich hatte dasselbe gedacht. Doch dann fiel mir wieder ein, wer das war und schlagartig wurde ich wieder ernst.

Mr. Streatfield blickte einmal kurz über die Klasse und nickte dann zufrieden.

„Da jeder einen Sitznachbarn hat, machen wir's uns leicht und verteilen die Projekte tischweise. Irgendwelche Einwände?", er lächelte und ich war mir sicher, die Mädchen, die vor mir saßen, seufzen zu hören.

„Du zeigst ja gar nicht auf", wisperte D'Artagnan. Ich atmete tief durch, dank meines Temperaments war ich sehr schnell auf 180.

„Nein, denn ich will mich nicht am ersten Tag gleich zum Vollidioten machen", antwortete ich erzwungen ruhig, ohne ihn anzusehen.

Der Lehrer teilte währenddessen einen Zettel pro Tisch aus und erklärte irgendwas, doch obwohl ich mich bemühte, etwas davon mitzubekommen, registrierte ich nur den Jungen neben mir.

„Dann arbeiten wir also die ganze Woche zusammen an diesem Projekt? Ich glaube, das wird lustig". Das breite Grinsen konnte man in jedem Wort hören.

„Ich hab gesagt, ich will mich nicht am ersten Tag zum Vollidioten machen, morgen sieht die Sache schon wieder ganz anders aus. So schnell kannst du gar nicht „Mylady de Winter" sagen, bist du mich los!", grinste ich ihn frech an. Er sah mir unverwandt in die Augen, dann hob er langsam den Blick und mich beschlich eine leise Vorahnung.

Ich folgte seinem Blick und sah in das sonnenstudiobraune Gesicht unseres Lehrers. Er lächelte amüsiert auf uns herab.

„Störe ich eine Beziehungskrise?", fragte er und ich wurde augenblicklich rot.

„Nein, er...", setzte ich an, doch Mr. Streatfield hob die Hand und machte diese „Schweig Untertan" – Geste, wegen der ich anfing, ihn zu hassen.

„Was immer es auch ist, ich will, dass ihr das klärt. Und damit das funktioniert, werdet ihr ein Team bleiben, kein Partnerwechsel". Er knallte den Zettel mit den Aufgabenstellungen vor uns auf den Tisch und setzte das Vertrauenslehrerlächeln auf.

„Also Dumas für die Turteltäubchen. ‚Der Mann mit der eisernen Maske' ist euch doch bestimmt geläufig?", mit diesen Worten zog er ab und in der Klasse war vereinzelt Kichern zu hören, was mich noch röter werden ließ. Nur die Blonde mit den perfekt geschnittenen Haaren warf mir einen Blick zu, bei dem es mir einen kalten Schauer über den Rücken jagte.

Wo war das Loch im Erdboden, wenn man es brauchte?

Vor 15 Jahren

„Es war genau hier", murmelte sein Bruder. Im dämmrigen Licht der antiken Öllampe konnte *er* nur erahnen, wohin er zeigte. Als *er* sich vorbeugte, las *er* den Namen einer Stadt in Russland. *Er* erinnerte sich an dieses Attentat. Die Zerstörungskraft dieser Bombe hatte *er* mit eigenen Augen gesehen.
Er markierte den Punkt auf der Landkarte mit einem Reißnagel und sein Bruder fuhr mit dem Finger zur nächsten Stadt und sie wiederholten das Prozedere. Und zwar öfter, als *ihm* lieb war.

„Bist du sicher?", fragte *er* nach.
Sein Bruder sah *ihm* fest in die Augen.

„Ganz sicher", er nahm die Karte und befestigte sie an der Wand.
Gemeinsam standen sie davor. Die roten Punkte der Köpfe der Reißnägel erinnerten *ihn* an Vulkane auf den Landkarten in der Schule.

„Du hast keine Beweise. Es hätte genauso gut ein Unfall sein können", *er* sah seinen Bruder von der Seite an.

„Das war kein Unfall", gab dieser nur zurück, den Blick starr auf der Karte verankert. Der Ausdruck in seinem Gesicht ließ *ihn* schaudern. Es war blanker Hass.

„Vielleicht solltest du damit aufhören. Wenn es wirklich so viele sind, hast du niemals eine Chance, ihren Mörder zu finden!", *er* zeigte auf die Punktelandschaft.
Sein Bruder packte *ihn* plötzlich und drückte *ihn* mit dem Unterarm an *seiner* Kehle zur Wand. *Er* keuchte, die Nägelköpfchen stachen in *seinen* Rücken.

„Du bist der Einzige, den ich noch habe, Bruder. Du kannst mich nicht auch verlassen! Sie sind tot und Alexis ist fort. Ich habe nur noch dich und das", mit ein weitläufigen Geste wies der Bruder auf die Karte, ließ *ihn* los und verschwand durch die schiefe Holztüre.

Er versuchte keuchend wieder genug Luft in *seine* Lunge zu bekommen.

„Vielleicht solltest du dir überlegen, warum Alexis gegangen ist!", röchelte *er*.

Erschöpft ließ *er* sich an der Wand hinab zu Boden gleiten und vergrub *sein* Gesicht in *seinen* Armen.

Wie lange sollte dieser Wahnsinn noch andauern?

2. Kapitel

„Eine Woche! Eine Woche darf ich mit diesem…diesem… Womanizer eine Ausarbeitung über meinen Lieblingsroman erstellen! Freizeitrecherche inklusive. Er wird mir das ganze Buch verleiden!", jammerte ich in mein Handy.

„Gott, Becca! Du bist so… konversativ!", motzte meine älteste Freundin Clio zurück.

„Es heißt konservativ, Clio."

„Siehst du? Genau das mein ich! Nur du kennst solche Wörter wie konves…konvar… ach ist doch egal. Was heißt verleiden überhaupt?" Ich konnte mir gerade sehr gut vorstellen, wie ihr Kopf rot anlief, bei dem Versuch, konservativ richtig auszusprechen und musste grinsen.

„Das heißt, dass ich den Roman hinterher wegen ihm nicht mehr mögen werde. Und es ist mein Lieblingsbuch!", versuchte ich ihr klarzumachen.

„Jetzt stell dich mal nicht so an. So wie du ihn beschrieben hast, klingt er ziemlich scharf! Reiß ihn dir auf", sagte Dakota wenig hilfreich, doch für sie typisch.

Wir hielten mal wieder eine unserer Telefonkonferenzen ab, die wir machten, um nicht mit jeder einzeln reden zu müssen. Sie waren beide in irgendeinem exotischen Urlaubsland, während ich mich ans hintere Ende des Sportplatzes verzogen hatte. Es war gerade große Pause und die meisten meiner Mitschüler saßen dicht an dicht auf den Bänken in dem kleinen Schulhof. Ich war kein Freund des Gedränges, weswegen mich Clio und Dakota nie auf eine Party mitnahmen, und außerdem wollte ich D'Artagnan so weit wie möglich von mir fernhalten.
Denn obwohl ich mir größte Mühe gab, mich als unsympathisch hinzustellen, lief er mir trotzdem regelmäßig hinterher. Ich war zu dem Schluss gelangt, dass er mir

das Leben zur Hölle machen wollte, da ich ihm nicht schmachtend zu Füßen lag.

„Nein, auf gar keinen Fall! Er ist auch gar nicht mein Typ", antwortete ich Dakota.

„Schätzchen, so wie du ihn beschrieben hast, ist er *Jederfraus* Typ. Und selbst wenn er nicht deiner wäre – und ich weiß, dass er das doch ist – solltest du ihn trotzdem vernaschen!
Mal ehrlich: Du bist sechzehn und seit genauso vielen Jahren Single. Schlussfolgerung: Immer noch Jungfrau! Süße, du kommst jetzt in ein Alter, wo das wirklich peinlich wird. Und da du ja nicht so denkst, muss ich dich mit Ampeln und Leuchtschildern zu einem genialen Fang leiten. Moment – oder hast du schon wieder „Becca, der Eisberg" gespielt?", ihre Stimme hörte sich so scharf wie eine Samurai-Klinge an.
Ich war schon bei dem Teil mit "vernaschen" rot geworden und musste mittlerweile aussehen wie ein Feuerwehrauto. Mein Schweigen deutete sie genau richtig und ich hörte sie frustriert auf irgendetwas, hoffentlich ihren Polster, einschlagen.

„Rebecca Brooke Alice Gardner! Wie sollst du jemals einen Typen abbekommen, wenn du ihnen von Anfang an mit einem Panzer übers Gesicht fährst! Ich hoffe, Prinz Charming ist gerade nicht in der Nähe, sonst hast du wegen deinem Tomatenkopf sowieso keine Chance".

„... Gott Clio, weißt du noch, wie sie sich die Haare rot färben wollte? Zu ihrem Glück haben wir sie davon abgehalten. Brille, Hang zum Rotwerden und rote Haare? Absolut schlechte Idee, Becca".

„Genau!", meldete sich Clio mal wieder zu Wort.
„Worum geht's?"
Autsch! Miss Taktgefühl, wie sie leibte und lebte.

„Könnten wir das Thema jetzt lassen? Ich mag den Jungen ja nicht mal! Allein schon wie er mich angesehen hat, als wäre ich eine... ein... ein verschüchtertes Mauerblümchen, das naiv wie der Rest der Welt ihm zu Füßen zu liegen hat!", ich redete mich in Rage und meine Stimme wurde ungewollt lauter.

„Geht's hier um mich?"
Ich ließ vor Schreck mein Handy fallen und es landete blubbernd in einer Schlammpfütze.

„Verdammte Scheiße, musstest du hier unbedingt einen auf Winnetou machen und dich von hinten anschleichen?", fuhr ich D'Artagnan an, der nur mit seinem dämlichen Grinsen im Gesicht vor mir stand und mich dabei beobachtete, wie ich mein Handy mit spitzen Fingern aus der Pfütze zog.

„Ich dachte, ich bin D'Artagnan? Wegen dem einwandfreien Französisch oder dem guten Aussehen?", er hielt mir die Hand hin, doch ich übersah sie und stand mit dem schlammüberzogenen Handy zwischen Zeigefinger und Daumen auf.

„Du hältst auch nichts von „Hallo" oder „Hi" oder?", versuchte ich das Thema zu wechseln.
Er legte den Kopf schief und musterte mich.

„Wieso so unfreundlich?", fragte D'Artagnan.

„Wenn ich unfreundlich bin, wieso verfolgst du mich dann?", ich schulterte meine Tasche und rauschte an ihm vorbei. Doch er hielt ohne Probleme Schritt.

„Ich hab zuerst gefragt", sagte er, offensichtlich amüsiert, was mich innerlich brodeln ließ.

„Du kriegst aber keine Antwort", fauchte ich.

„Krieg ich dann zumindest deinen Namen?" Überrascht blieb ich stehen und starrte ihn verwirrt an.

„Gut dann fang ich an, als Kompromiss sozusagen: Hi, ich bin Jeremy Howard", er hielt mir seine Hand hin. Ich starrte zuerst sie, dann wieder ihn an.

„Wieso machst du das?"

„Meine Eltern haben mir beigebracht, dass man, wenn man sich vorstellt, die Hand gibt. Das gleiche macht man laut Knigge auch beim Begrüßen und Verabschieden von Gästen oder Gastgebern und...", ich unterbrach ihn mit einer unruhigen Geste.

„Ich meine: wieso bist du nett zu mir, obwohl ich mich wie das größte Arschloch aufführe? Für mich gibt es dafür nämlich nur drei Erklärungen."

„Welche wären?"

„Die erste, du willst mich aushorchen und dann mit deinen Freunden über mich lästern.
Die zweite, du bist ein Psychopath, der Leute mag, die ihn nicht mögen und der alles daran legt, in ihrer Nähe zu sein.
Die dritte, dein Ego hält es einfach nicht aus, dass dich jemand nicht anhimmelt.
Ich weiß nicht, was ich eher vermuten soll, obwohl zwei und drei doch sehr realistisch klingen".
Jeremys Reaktion war schallendes Gelächter.

„Du hältst mich also für einen psychopathischen Macho?" Er kriegte sich gar nicht mehr ein und ich wurde langsam ungeduldig.

„Bist du einer?", fragte ich in seine Lachsalven und er bemühte sich, ernst zu werden. Jeremy richtete sich auf und hielt mir wieder die Hand hin.

„Wie wär's wenn du's herausfindest?"
Ich war hin und hergerissen. Einerseits machte mich dieser Junge wirklich neugierig, da er sich so um meine Aufmerksamkeit bemühte. Andererseits war alleine diese Tatsache schon beunruhigend. Jeremy schien mich unbedingt kennenlernen zu wollen und auch wenn das auf andere vielleicht nett gewirkt hätte, zögerte ich. So etwas Ähnliches war mir schon einmal passiert und es hat nicht schön geendet. Ich machte keinen Fehler zwei Mal.

„Ich schätze, mir bleibt keine andere Wahl", ich sah ihm fest in die Augen, bevor ich mich umdrehte und ohne einzuschlagen ging.

Die Leute auf dem Schulhof beachteten mich kaum, nur ein paar Mädchen der Southern Royals sahen mich an, als würden sie mich am liebsten mit ihren manikürten Plastikfingernägeln zerfetzen. Die Blicke ihrer blonden Anführerin waren die tödlichsten, so als würden ihr gleich Flügel und Fangzähne wachsen.

Ziemlich verunsichert ging ich mit gesenktem Kopf in das Gebäude.

Auf meinem Stundenplan stand als nächstes der Französisch Leistungskurs und ein Lageplan, die man hier freundlicherweise überall aufgehängt hatte, verriet mir, dass meine Klasse im vierten Stock war.

Da alle Sommerschüler draußen saßen, waren die Gänge vollkommen leer. Wie das Sekretariat, war auch der Rest der Schule renoviert worden. Die Nord- und Südwand des viereckigen Gebäudes waren vollkommen verglast und der Boden mit himbeerfarbenem Linoleum ausgelegt worden. In den insgesamt vier Stockwerken (inklusive Erdgeschoss) herrschte jeweils eine Farbe vor, wie ich beim schier endlosen Treppensteigen sah. Blau, violett und grün.

Das Dachgeschoss besaß allerdings so gut wie alle Farben, die ich kannte, denn es war völlig verglast und eine Art Veranda ging um die große Glaskuppel herum. Ich öffnete eine der Türen, die nach draußen führten und sah mich zum ersten Mal wirklich um.

Hinter dem Sportplatz begann ein Birkenwald, der die Schule bis auf ihre Frontseite umgab. Die Schule selbst stand auf einem Hügel, etwas außerhalb der Stadt, deren historische Gebäude unter den Wolkenkratzern beinahe untergingen.

Ich hielt mich am Geländer fest und schloss die Augen. Die Gesichter meiner Eltern tauchten hinter meinen Augenlidern auf, ihre hoffnungsvollen Blicke, als sie sich verabschiedet hatten.

„Du kannst das schaffen. Ich weiß es einfach! Du bist meine Tochter, wenn du willst, kannst du alles!", Dads Stimme hallte noch lange in meinem Kopf nach.

Als er das gesagt hat, hat er natürlich nur an die Schule und den Sport gedacht. Aber nicht an die Fähigkeit, anderen zu vertrauen. Oder einfach nur nett zu sein. Er hatte mir Französisch, Deutsch, Karate und Bogenschießen beigebracht. Er hatte mir auch gezeigt, wie man mit einem Messer und einer Pistole umging.

Ich weiß, keine typischen Dinge. Die meisten Dads bringen ihren Kindern wahrscheinlich eher Sachen wie Fußballspielen oder Handstand bei. Doch die meisten Dads waren ja auch nicht beim Militär.

Ich wusste, dass er an das glaubte, was er zu mir sagte.

Aber er war nun mal nicht ich. Egal wo er hinkam, standen ihm alle Türen offen. Dad war charmant, witzig und verantwortungsbewusst (und trotzdem hatte er mir schon mit sechs eine Pistole in die Hand gedrückt, was einen Außenstehenden vermutlich an seinem Verstand zweifeln lässt).

Und vor allem war er bei den Marines. Das allein reicht hier schon aus, um zum Helden erhoben zu werden! Egal wo ich hinging, sobald ich den Leuten sagte, was mein Vater beruflich machte, klopften die mir auf die Schulter und sagen: „Du musst sehr stolz auf deinen Daddy sein."

Das war ich auch – irgendwie. Und irgendwie auch nicht. Ich war nicht zwingend Pazifistin, doch ich sah keinen Sinn darin, Menschen zu töten und dafür dann auch noch gelobt zu werden. Es kam mir einfach nicht richtig vor.

Trotzdem nickte ich immer schön brav und begleitete ihn zu allen möglichen Paraden.

Dad war einer der Menschen, die alles haben konnten, wenn sie nur darum baten. Eine Eigenschaft, nein, eine Gabe, die er mir nicht weitervererbt hatte.

„Es ist schön hier draußen, nicht wahr?", ich war so in Gedanken versunken gewesen, das mir vor Schreck meine Tasche von der Schulter rutschte und beinahe durch einen Spalt im Geländer auf den Sportplatz gefallen wäre. Ich konnte den Trageriemen in letzter Sekunde noch erwischen.

„Mein Gott, haben Sie mich erschreckt!" Meine Tasche fest an meine Brust gepresst, drehte ich mich zu dem Neuankömmling um. Es war ein schon etwas in die Jahre gekommener Mann. Wenn er ein Lehrer war, konnte seine Pensionierung nicht mehr in weiter Zukunft liegen. Mit seiner dunklen Hautfarbe und dem freundlichen Grinsen erinnerte er mich an Morgan Freeman.

„Das tut mir aufrichtig leid, es war keinesfalls meine Absicht. Es sind meiner Meinung nach schon genug Schüler von hier oben runtergefallen", er stellte sich neben mich und blickte nachdenklich auf den Birkenwald. Als er bemerkte, wie entgeistert ich ihn ansah, brach er in schallendes Gelächter aus.

„Das war ein Witz. Du müsstest jetzt dein Gesicht sehen, Kleine", unsicher lachte ich mit.
Der Mann hatte einen eigenartigen Humor.

„Aber Spaß beiseite. Wie heißt du denn?" Seine braunen Augen hatten eine hypnotische Wirkung auf mich. Irgendetwas an ihnen war falsch.

„Becca – ich meine Rebecca Gardner, Sir", stotterte ich und wich seinem Blick aus.

„Ein schöner Name. Ist deine Familie religiös?"

„Meine Mutter ist Jüdin. Ich technisch gesehen auch. Sind Sie Religionslehrer?", fragte ich zurück. Wieder lachte er.

„Nein. Ich unterrichte Kunst. Doch du bist leider in keinem meiner Kurse, oder? Ich könnte mich an keine Rebecca auf einer der Listen erinnern." Das wunderte mich nicht.

Die Kunst ist schön, doch die Menschheit geht an ihr zu Grunde - sagte mein Vater immer.

„Nein, ich hab's nicht so mit zeichnen und töpfern", log ich.
Falls er es merkte, ließ er sich nichts anmerken.
„Das ist schade. Dir entgeht einiges, ...die volle Entfaltung deiner Fantasie zum Beispiel. In der Kunst kannst du deinen Gedanken freien Lauf lassen, ohne Rücksicht auf die Meinung anderer nehmen zu müssen", er sah mich vielsagend an.
„Das tu ich sowieso nicht", platzte es aus mir heraus und augenblicklich wurde ich rot.
„So etwas habe ich mir schon gedacht."
Als ich ihn fragend ansah, wies er mit einer kleinen Geste auf den Pausenhof.
„Alle anderen sitzen dort unten, doch du bist ganz allein hier oben. Ich kenne dich zwar nicht, doch ich glaube, du bist eine sehr willensstarke junge Lady. Die allerdings auch ziemlich stur ist, hab ich recht? Und nur sehr schwer Vertrauen fasst". Seine dunklen Augen durchbohrten mich und auf einmal wünschte ich mir, ich könnte mich irgendwo in einer Ecke verkriechen.
„Und sie ist schüchtern". Sein Blick wurde weniger intensiv und er wandte sich wieder von mir ab, zum Birkenwald.
„Woher wissen sie das?", fragte ich nach einigen Sekunden.
Seine Beschreibung von mir war ziemlich präzise für einen Mann, der mich nicht kannte.
„Ich hab früher als Wahrsager auf einem Jahrmarkt gearbeitet. Ich bin gut darin, kleine Details zu erkennen und auszuwerten", er lachte und ging auf eine der Glastüren zu.
Kurz bevor er hineinging, drehte er sich nochmal um.
„Und ich habe dich und diesen Jungen vorhin zufällig beobachtet. Mach dir keine Sorgen – der scheint ehrliche Absichten zu haben", damit war er verschwunden. Der Taschenzauberer, der als Kunstlehrer arbeitete und Schüler beobachtet! Gruselig.

Vor 14 Jahren

Ein regelmäßiges Piepen drang Anfangs dumpf in *seinen* Kopf und arbeitete sich langsam in den Vordergrund, bis *er* ruckartig die Augen öffnete.
Er hatte das Gefühl, ertrinken zu müssen, *er* bekam keine Luft mehr.
Schmerz hämmerte gegen *seine* Schläfen, als müsste *sein* Kopf gleich explodieren.
Panik breitete sich in *ihm* wie ein Lauffeuer aus.
Das Piepen wurde schneller.
Verschwommen nahm *er* einen langweilig weißen Raum wahr und neben *sich* eine große Maschine, die das Geräusch verursachte. Jemand betrat den Raum – eine Krankenschwester – schoss es *ihm* durch den Kopf und hantierte neben *ihm* herum, ohne *ihn* wirklich zu beachten und verließ den Raum genauso desinteressiert wieder.
Langsam und kriechend bemerkte *er* die Wirkung eines Schmerzmittels, welches *ihm* vermutlich durch den Tropf verabreicht wurde.
Er hätte sich am liebsten dem friedenversprechenden Mittel hingegeben, doch mit einigen Sekunden Verzögerung sah *er* noch jemanden in das Zimmer rennen. Die Person sah vermutlich hektisch von links nach rechts. *Er* konnte es nicht sagen, für ihn war alles in Zeitlupe.
Es kam *ihm* so vor als würden die dunklen Haare *seines* Gegenübers im Wasser treiben.
Vielleicht war *er* ja auch noch im Wasser, dachte *er* bei sich.
Die Person setzte sich auf *seine* Bettkante – *er* lag in einem Bett, nicht im Fluss, stellte *er* fest.
„Davy, ich hab nicht viel Zeit, also nur das Nötigste: ich habe die Beweise problemlos austauschen können. Zac weiß nichts. Eure neuen Ausweise und… den Rest habe ich zu deiner Frau gebracht, sobald du hier raus bist, könnt ihr gehen.

Alles andere ist schon in die Wege geleitet. Was du nun tun musst, ist, bevor Zac herkommt, zu verschwinden. Du wirst mir fehlen, Davy!", die wogenden schwarzen Haare, die ihr Gesicht verdeckt hatten, waren schon beim letzten Satz zur Tür hinaus.
Wenn *er* nur verstanden hätte, was sie gemeint hatte…

Kapitel 3

Jeremy war nicht in meinem Französisch Kurs, was mich, wie ich leider zugeben musste, enttäuschte. Ich hatte unsere Gespräche noch einmal Revue passieren lassen und gemerkt, wie unglaublich unfreundlich und zynisch ich gewirkt haben musste. Der Spitzname "Mylady de Winter", den er mir gegeben hatte, passte wirklich gut – leider. Ich hasste diese Romanfigur. Die Frau war in meinen Augen der schlimmste Mensch, der einem begegnen konnte.
Und der Grund warum ich so zu Jeremy war? Weil er mich so angesehen hatte? Mit mir lief doch eindeutig etwas nicht ganz rund! Ich wollte mich entschuldigen.

Doch zuerst wurden wir auf die Zimmer, die den Sommergästen zur Verfügung standen, aufgeteilt. Immer zwei bis vier Personen in einem Raum.
Ich bekam den Schlüssel zu einem Zweibettzimmer und schätzte mich, während ich meine kleine Reisetasche die Treppe im Wohnflügel hochtrug, extrem glücklich.
Bis ich die Tür zu Zimmer 21.9 aufstieß und sah, wer meine Mitbewohnerin war.
Der Faltenrock gerade so kurz, dass es nicht nuttig aussah, die weiße Bluse ohne jede Bügelfalte, die Beine perfekt rasiert, die Schuhe vermutlich so teuer wie mein Roller und die professionell gefärbten blonden Haare militärisch penibel geschnitten.
Vor mir stand die Queen der Southern Royals.
Und als sie mich entdeckte, verwandelte sie sich vor meinen Augen in die Eiskönigin – nein, die Eis*kaiserin.*
Sie hatte ihren (Gucci-)Koffer auf das Bett neben dem kleinen Fenster geworfen (oder werfen lassen?) und war offenbar gerade dabei gewesen, ihn auszupacken. Ich konnte mir gerade noch verkneifen, mich nach ihrem Personal umzusehen. Jetzt ließ sie das Teil, das sie gerade

in der Hand gehalten hatte, fallen und drehte sich ganz zu mir um.
Automatisch richtete ich mich etwas auf. Sie war mindestens einen Meter fünfundsiebzig groß und ich gut zehn Zentimeter kleiner, was sie offenbar ebenfalls bemerkte, als sie anfing, mich von oben bis unten mit ihren Blicken durchzuchecken.
Normalerweise hatte ich kein Problem mit meiner Größe, aber irgendwie störte sie mich bei ihr ungemein. Und ihr geringschätziges Mustern erinnerte mich daran, warum ich Jeremy nicht mochte. Es war, als wäre ich ein Pavian, der schielte und vor ihren Augen Flöhe fraß und den sie unbedingt mit ihren Augen demütigen musste.

„Bist du dann fertig oder willst du noch Fotos machen?", fragte ich und warf meine Tasche in einen schmalen Schrank, der an der Wand stand.
Ich versuchte, ihre Blicke zu ignorieren und sah mich um. Zwei schmale Betten aus Walnussholz, zwei Schränke und zwei Nachtschränkchen, beides ebenfalls Walnuss. Der Raum hatte den klassischen Vier-Wände-Schnitt und alle, inklusive Decke, waren grasgrün gestrichen. Das Zimmer war ziemlich in Ordnung. Nur hatte die Eiskaiserin das einzige Fenster in Beschlag genommen.

„Also kommen wir gleich zur Sache. Mein Name ist Amalia, du brauchst dich nicht vorstellen, dein Name ist mir scheißegal"! Ich runzelte überrascht die Stirn. Wow, war die ehrlich!

„Du fasst meine Sachen nicht an, am besten wir ziehen so etwas wie eine Grenze im Raum. Ich bekomme morgens als erste das Bad, wie du fertig werden willst, ist auch nicht mein Problem, denn ich brauche lange!" Sie rauschte graziös, eingenebelt von einem widerlich süßlichen Parfum, an mir vorbei zur Tür.
Ich war nur in der Lage, ihr verblüfft nach zu starren.

„Ach ja. Jeremy ist schon für mich reserviert. Aber ich denke, diese Diskussion ist sinnlos, da du nicht mal wenn er blind wäre, sein Typ wärst", sie hatte auf der

Türschwelle noch einmal angehalten und warf mir wieder einen „Du-bist-ein-geringeres-Wesen-als-ich"-Blick zu, bevor sie endgültig verschwand.
Oh – mein – Gott!
Ich hasste diese Girlie-Filme, in denen sich das Mauerblümchen und die Beliebte um einen Jungen stritten – und jetzt war mein Leben zur Kulisse für *Freche Mädchen 3* geworden. Es ging nur noch um Jungs, Geheimnisse und Schule.
Ich hasste es, ich hasste es, ich hasste es!
Am liebsten hätte ich mal kurz alles Leben angehalten und wäre aus meinem ausgestiegen. Ich war einfach nicht die Art von Mädchen, die jeder mochte und ich war auch nicht die Art von Mädchen, die den Mund hielten und keine eigene Meinung hatten. Und dieser Zwiespalt, der nun mal meiner war, war nicht besonders sympathisch in den Augen anderer Teenager.

Ich holte meine Tasche wieder aus dem Schrank und fing an, Klamotten, Bücher und sonstigen Kram zu trennen. Eigentlich war ich es schon gewohnt, allein zu sein, doch anders als bei anderen Sachen gewöhnt man sich da nicht dran.
Ja, ich hatte Dakota und Clio, aber wir drei waren so verschieden, wie drei Mädchen nur sein konnten. Auch äußerlich. Wenn wir zusammen eine Straße entlanggingen, starrten die Leute uns an wie das achte, das neunte und das zehnte Weltwunder!
Doch allein ist man dann, wenn niemand versteht, wie du denkst. Das hat nichts mit der Anzahl deiner Freunde zu tun oder der Menschenmenge um dich herum.
Ich hob einen kleinen Stapel T-Shirts heraus und als ich wieder hineingreifen wollte, stieß meine Hand auf etwas Hartes und meine Fingernägel kratzten über Glas.
Überrascht starrte ich auf den Bilderrahmen, der eigentlich in meinem Zimmer auf dem Nachtkasten stehen soll-

te. Mom musste ihn mir heimlich in die Tasche gelegt haben.

Ich nahm ihn in beide Hände und setzte mich damit auf die harte Matratze meines Bettes.

Es war eine Collage, die mir Clio zu meinem sechzehnten Geburtstag geschenkt hatte.

Ein Bild darauf zeigte mich, bei einem Schulausflug zum Mount Rushmore. Alle starrten nach vorn und machten Fotos, während ich ans Geländer gelehnt *The Perks of beeing a Wallflower* las. Ich weiß noch, dass Dakota sich damals zu Tode gelacht hatte, weil ich nicht bemerkt hatte, dass wir schon da waren und ich einen der Touristen auf meine unmissverständlich charmante Art anfuhr, wegen ein paar Steinen nicht so einen Aufriss zu machen. Dazu sollte man wissen, dass er wie ein Irrer versucht hatte, so weit wie möglich durch die Menschenmassen zu kommen und mich dabei fast in den Staub und mein Buch ins Tal verfrachtet hätte.

Ich musste lächeln und fuhr mit dem Finger über das nächste Bild.

Es zeigte Clio, Dakota und mich am Coronado Beach, San Diego, Kalifornien. Es war der einzige Sommer gewesen, in dem Dad nicht arbeiten musste und es war mein erster und einziger Urlaub.

Als ich ihnen von unseren Urlaubsplänen erzählt hatte, überredeten die beiden ihre Eltern ganz spontan ebenfalls zum gleichen Zeitpunkt hinzufahren. Ich hatte von der Aktion nichts gewusst und als meine Eltern und ich sie am Strand getroffen hatten, war das Leben für einen Augenblick perfekt.

Wir hatten eine Wasserschlacht veranstaltet und Dad hatte einen echt genialen Schnappschuss von uns gemacht, als das Wasser nur so spritzte und ich gerade dabei war ins Meer zu fallen.

Und dann hat irgendein Idiot gezwinkert und der Augenblick war vorbei.

Ich löste die Haken, die Bild und Glas zusammenhielten, um das, was auf der Rückseite des Bildes stand, zu lesen:

Sei lieber ein geschlossenes Buch als eine offene Zeitung. Denn nur, wer wirklich Interesse hat, wird sich die Zeit nehmen, jede einzelne Seite zu lesen.

Vielleicht dachten Dakota und Clio nicht so wie ich, doch sie verstanden es. Und das machte die Einsamkeit erträglicher.
Auch wenn die *Independence School of Science and Languages* sich offiziell nur auf Sprachen und Naturwissenschaften spezialisiert hatte (was für eine Überraschung!), war im Laufe der Jahre auch ein herausragender Sportzweig entstanden – natürlich nur inoffiziell.
Und das war es, was am Nachmittag vier Stunden lang gemacht wurde: Sport.
Alle Sommerschüler standen in mehr oder weniger praktischer Sportkleidung in einem Halbkreis um die fünf Sportlehrer. Einer davon war Mr Streatfield. Er stellte sich und die anderen Lehrer vor und kam dann zu den heutigen Stationen.
„Hier auf dem Platz werden wir Baseball, Rugby und Flagfootball spielen, das wäre dann unter meiner Aufsicht. In der Halle werdet ihr Inlinehockey spielen, im Wald wurde ein Hindernisparcours errichtet, im Spiegelsaal gibt's Ringen und hinter dem Hindernisparcours haben wir einen gesicherten Bogenschießstand. Alle kommen überall hin, also keine Raufereien. Die Gruppeneinteilung lautet wie folgt: ....". Es schien, als hätten die anderen Lehrkräfte nichts zu sagen und Mr Streatfield schien die ganze Leitung inne zu haben.
Ich kam mit einer Gruppe Sportlern, zwei schüchternen Nerds, Jeremy und Amalia in die Gruppe, der die Sportler sofort hinterher pfiffen. Doch das interessierte sie nicht, sie nahm Jeremy voll und ganz in Beschlag.

Ich rollte nur mit den Augen und versteckte mich hinter den Sportlern, bis Mr Streatfield uns zum Bogenschießstand schickte. Ich ließ mich zurückfallen, um Amalia bei ihrer Flirtolympiade nicht vielleicht die Kulisse zu zerstören.
Schließlich trug ich nicht wie sie, scharfe Hotpants Sporthosen und nur einen Sport-BH, sondern trug eine Dreiviertelhose und das klassische Muskelshirt. Auch Jeremy schien der wenige Stoff und die viele Haut aufgefallen zu sein, denn er konnte seinen Blick gar nicht mehr von ihr nehmen. Und das störte mich, zu meinem Ärgernis, wahnsinnig.

„Hey. Ich hab dich heute schon in Französisch gesehen. Du bist Rebecca, oder?", eine der beiden Nerds hatte sich zu mir nach hinten fallen lassen und sah jetzt neugierig zu mir hoch. Sie musste wirklich zu mir hochsehen, denn sie war vielleicht einen Meter fünfzig groß.

„Becca", antwortete ich kurz.
Meine kurze Antwort schien sie zu verwirren und sie strich sich immer wieder die Haare, die sich aus ihrem Zopf gelöst hatten, zurück. Die Kleine sah dabei aus wie ein nervöses Eichhörnchen.

„Also ich bin Max – eigentlich ja Maxine, aber ich hasse diesen Namen, jetzt nennen mich alle Max", sie kicherte, doch als sie bemerkte, dass mein Gesichtsausdruck rein gar nicht amüsiert aussah, hörte Max schnell auf.
Bis wir den Wald erreichten, blieb sie still und starrte stur geradeaus.

„Weißt du, deine eiskalte Art schreckt mich nicht ab. Dieser Sommerkurs läuft noch nicht einmal zwölf Stunden und schon grenzt du dich aus. Ich kenn dich nicht – aber du mich auch nicht. Also steck mich nicht in eine Schublade, okay? Wenn du jemanden brauchst, der deine Worte garantiert nicht auf Twitter stellt, melde dich einfach, ja?"

Max hatte sich vor mich gestellt, um mich zum Stehenbleiben zu zwingen und drehte sich nun um und ging wieder zu ihrer Freundin zurück. Meine weit aufgerissenen Augen und der offene Mund sahen bestimmt dämlich aus, doch ich konnte meine Position nicht verändern.
Kaum denkt man, in der Menge effizient untergegangen zu sein, lässt einen ein erstaunlich direktes Mädchen mit offenen Augen in einen Laternenpfahl laufen. Die Welt ist verrückt!
Kurz vor dem Bogenschießplatz holte ich auf und stellte mich schnaufend neben die anderen.
Die Sportler beachteten mich kaum, sie waren zu sehr damit beschäftigt, ihre Bizepse zu vergleichen, doch ich sah, wie Jeremy mit leicht angehobenen Mundwinkeln fragend die Augenbrauen hochzog.
Ich ignorierte ihn einfach und hörte der Lehrerin zu, die uns erklärte, wie Pfeil und Bogen funktionierten. Sie hatten hier zum Glück nicht billiges Aluminiumzeug, das beim leisesten Windhauch fünf Meter von deinem Ziel entfernt einschlug, sondern ein klassisches Massivholzset. Doch nur eins.

„Wer traut sich als erster?", die junge Sportlehrerin rieb erwartungsvoll ihre Handflächen aneinander, als wäre sie ein Bösewicht aus einem Film.
Ich trat vor und wollte schon nach dem Bogen greifen, doch Jeremy war schneller und kam mir zuvor. Selbst meine giftigsten Blicke ließen ihn kalt.

„Ladies first", knurrte ich herausfordernd.

„Alter vor Schönheit."

Ich lachte trocken und kurz und Amalia konnte sich ein verächtliches Schnauben nicht verkneifen.

„Nicht lustig."

„Wieso hast du dann gelacht?"

„Reine Höflichkeit – man kann den Clown doch nicht gleich köpfen, nur weil seine Witze schlecht sind."

„Deshalb schmeißt der Clown jetzt die Stand-Up-Comedy Karriere hin und wird Bogenschütze", Jeremy

verbeugte sich mit einem neckischen Glitzern in seinen Augen und noch bevor ich etwas erwidern konnte, war er herum geschnellt, hatte in derselben Bewegung einen Pfeil eingelegt, gezielt und geschossen.
Und er traf genau ins Schwarze.
Amalia klatschte begeistert, allerdings nur kurz, denn dann brauchte sie ihre Hände wieder, um sich ihm an den Hals zu werfen und ihn mit Komplimenten zu überhäufen, die er natürlich nicht bescheiden ablehnte, sondern in vollen Zügen genoss.

„Wie Robin Hood – nur besser!", sie kicherte überdreht.
Diese Seite von ihr hasste ich noch mehr als ihr eigentliches Ich. Mal ehrlich: Wieso stehen die Typen immer auf die pinken Kicherkletten?
Sauer auf Jeremy, weil er mich dazu gebracht hatte, mich total lächerlich aufzuführen und genervt von Amalia schnappte ich mir einen Köcher und den Bogen aus Jeremys Hand, legte an, zielte und schoss.
Der Pfeil versenkte seine Spitze so knapp neben dem von Jeremy, dass ein Teil der Federn abgeschnitten worden war. Ich sah zu wie sie langsam zu Boden schwebten bevor ich mich mit absolut emotionslosem Gesicht zu den starrenden Menschen drehte. Sogar die Sportler waren still.

„Das", ich drückte Jeremy den Bogen wieder in die Hand, „war Glück."
Ohne ihn genauer anzusehen, ging ich um ihn herum und stellte mich zu Max und ihrer Freundin.
Da löste sich die geladene Stimmung wieder und zwei der Sportler fingen an sich über den nächsten Schuss zu streiten. Max strahlte mich an.

„Netter Schuss. Ist das dein Geheimnis? Du bist die Tochter von Legolas?"
Ich musste lachen und schob meine Haare hinter die Ohren, um zu beweisen, dass ich kein Elb war.

„Nein, nur das einzige Kind eines Marines, der nichts von Softball hält. Können wir noch mal von vorn anfangen? Ich glaube, ich bräuchte dringend jemanden, der mir hin und wieder den Kopf gerade rückt, sonst kommen irgendwann die netten Leute vom nächsten Irrenhaus mit einer Ich-hab-mich-lieb - Jacke", ich hielt ihr lächelnd die Hand hin.

„Ich bin Becca."

„Max. Freut mich, dass du deine Eishülle schmelzen lässt und mir die Chance gibst, dich kennenzulernen", sie schlug ein.

„Bin ich wirklich so abweisend?", ich fürchtete mich schon vor der Antwort.

„Du bist die verdammte böse Königin, Becca. Ich werd niemals einen Apfel von dir essen, nur damit das klar ist", Max lachte, als sie meinen verzweifelten Gesichtsausdruck sah.

„Keine Sorge, wir werden dir dein Misstrauen schon austreiben. Das ist übrigens Hayley, eine Freundin von mir", sie zeigte auf das Mädchen neben ihr.

Sie war wesentlich größer als Max und auch in sonstiger Hinsicht ihr genaues Gegenteil. Neben dem sommersprossigen, blonden Mädchen mit dunkelblauen Augen, sah sie geradezu dunkel aus. Sonnengebräunt, mit pechschwarzen Locken und der Statur einer Profischwimmerin.

Sie sah eher aus wie Max Bodyguard – jedenfalls erschien mir mein Gedanke, sie könnte schüchtern sein, jetzt völlig irrsinnig.

Hayley nickte nur zur Begrüßung.

„Sie ist kein Freund großer Worte, nicht wahr, Ley? Doch das ist egal, sie ist einer der nettesten Menschen, die ich kenne!"

Ich hatte trotzdem Schiss vor ihr. Ich blieb bei Max und Hayley und wir hatten wirklich Spaß – Max plapperte in Endlosschleife. Es war faszinierend, wie viel sinnloses Zeug sie in einer Minute erzählen konnte!

„Wusstest du, dass im Buch ‚Der kleine Hobbit' Bilbos Schwert eigentlich ‚Stachel' heißt, in den Filmen wird es aber ‚Stich' genannt? Die haben uns doch total über den Tisch gezogen!
Also ich persönlich würde den Film ja liebend gern boykottieren. Aber das geht nicht", ihre Gesichtsausdruck war von aufgebracht zu träumerisch gewechselt.
Sie war die Meisterin der sekündlichen Stimmungsschwankungen.

„Und wieso nicht?", ich musste krampfhaft versuchen, nicht zu lachen, als Hayley mir hinter Max Rücken ein Zeichen gab, nicht zu fragen. Als ich es doch tat, schlug sie mit ihrer flachen Hand gegen ihre Stirn. Max bekam von alldem nichts mit. Sie war in ihrer eigenen Welt.

„Wegen Aidan Turner", in Nullkommanichts hatte sie sich in einen Profi-Groupie verwandelt.

„Wer ist das?", meine ernst gemeinte Frage ließ ihre rosarote Traumwolke zerplatzen und fassungslos sah sie mich an.

„Das ist der schärfste Zwerg, den du dir vorstellen kannst!", Max schüttelte verzweifelt den Kopf und warf die Hände in die Luft.

„Du stehst auf einen Zwerg?" Ich hatte die Zwerge aus den ‚Herr der Ringe' Filmen als kleine dicke Männer mit komischen Bärten und fetten Nasen im Gedächtnis behalten.

„Das ist nicht nur ein Zwerg! Das ist - Kili ist… größer als die anderen!", Max sah mich an, als müsste nun alles klar sein. Doch ich verstand es trotzdem nicht und sie schien das zu erkennen.

„Du verstehst mich doch, oder Hayley? Hayley?", Max sah aus, als würde sie gleich in Tränen ausbrechen, wenn ihr jetzt niemand sagte, dass sie recht hatte.
Ihre großen runden Augen, die eine überraschend große Ähnlichkeit mit denen von Hundewelpen aufwiesen, taxierten ihre Freundin erbarmungslos.

Ich konnte Hayleys Gedanken lesen, als wären sie in einer Sprechblase über ihrem Kopf aufgetaucht. Wenn sie jetzt nein sagte, würden sie diese traurigen Augen auf ewig vorwurfsvoll ansehen. Das mag einem vielleicht nicht tragisch vorkommen, doch wenn man Max' Welpenaugen einmal gesehen hat, möchte man ihr jeden Wunsch sofort erfüllen, nur damit der traurige Ausdruck darin verschwindet.

Hayley konnte ihrem Blick nicht länger standhalten und schlug sich die Hände vor ihr Gesicht.

„Oh Gott – wie konnten deine Eltern dich nur erziehen?", stöhnte sie durch ihre Finger hindurch.

Max zuckte nur mit den Schultern und grinste.

„Gar nicht. Sie erlagen voll und ganz den hypnotischen Kräften meiner Medusenaugen."

„Medusa hat ihre Opfer mit ihren Augen zu Stein verwandelt Max", korrigierte ich sie.

Sie lächelte mich nur heimtückisch an.

„Hat Hayley eben auch nur mit der Wimper gezuckt?"

Sie warf mir noch einen letzten hinterlistigen Blick zu, dann wandte sie sich wieder der aktuellen Sportaufgabe zu.

Amalia kämpfte sich gerade mehr kreischend als laufend durch den Hindernisparcours – unsere Betreuungslehrerin lief mit einer auf den Kopf geschnallten GoPro nebenbei her, damit wir auf einem Bildschirm sehen konnten, wie es den anderen erging.

Und der Nagellackqueen beim Versuch, Sport zu machen, zuzusehen, war noch unterhaltsamer als ein Film mit Sacha Baron-Cohen.

„Uuuh – hast du gesehen? Da waren gerade die Weltuntergangsglocken zu hören – ein Nagel ist abgebrochen", sagte Hayley und mit theatralischer Mine legte sie sich eine Hand an die Brust.

„Das werden wir nicht überleben."

„Ihr schon, ich nicht – ich bin ihre Zimmergenossin und werde das Ganze ausbaden dürfen. Ihr haltet doch

eine Rede auf meiner Beerdigung, oder"? Max und Hayley lachten so heftig, dass ihnen Tränen über die Wangen rollten.
Ich beobachtete derweil, wie Amalia sich völlig erschöpft ins Ziel schleppte und ganz ungraziös zu Boden fiel.

„Die fünf km/h müssen sie wirklich verausgabt haben", brachte Max zwischen ihren Lachsalven hervor.

„Jeremy Howard", die Lehrerin war wieder am Start angekommen und nachdem sie einen Blick auf die Namensliste geworfen hatte, suchte sie nun unsere Gruppe nach Jeremy ab. Dieser trat lässig, mit den Händen in den Hosentaschen seiner Shorts, an den Start und wartete dort auf das Startsignal.

„Der Typ hat das Wort „Coolness" bestimmt erfunden", wisperte Hayley uns zu. Mit dem abschätzigsten Blick, den ich aufbringen konnte, sah ich zu ihm hinüber.

„Das richtige Wort ist überheblich – mit Coolness hat das überhaupt nichts zu tun. Dem wurde nur zu oft gesagt, wie toll er doch ist", ich sagte es gerade so laut, dass Jeremy es hören konnte. Er drehte seinen Kopf gerade so weit zu mir, dass ich sein spöttisches Grinsen im Profil sehen konnte.

„Nur nicht eifersüchtig werden, Gardner. Manche Leute haben's halt drauf", seine Stimme klang so derart von sich selbst überzeugt, dass ich nur mit Mühe dem Brechreiz widerstehen konnte.

„Richtig, Howard. Also sei nicht traurig, wenn ich deine Zeit schlage, okay?", meine Stimme klang so zuckersüß und unschuldig, hätte jemand anderer so mit *mir* geredet, hätte ich vermutlich Galle im Mund geschmeckt.

„Wir werden sehen", murmelte er gerade so leise, dass nur ich es hören konnte.
Dann ertönte der Startschuss und ich muss zugeben, ich hätte meine Worte am liebsten zurückgenommen. Jeremy war nicht nur ein guter Bogenschütze, sondern auch extrem schnell und geschickt. Er flog über die Hindernisse, wurde bei dem Balanceast, der über einen Bach führte,

nicht langsamer und die Slalomstangen schienen ihn auch nicht wirklich aufzuhalten, ganz zu schweigen von dem Felsen, unter den man durchkriechen musste. Max und Hayley blieb der Mund offen stehen, als er auf das letzte Hindernis kletterte und einen Rückwärtssalto ins Ziel machte. Mit einwandfreier Landung.

„Bestzeit!", rief die Lehrerin.

Jeremy verschränkte die Arme und sah direkt in die GoPro.

„La balle est dans ton camp, Mademoiselle Gardner."

Das war eine Herausforderung, die ich gerne annahm. Ich atmete tief durch und stellte mich an den Start, bevor die Lehrerin meinen Namen aufrief. In Gedanken ging ich den Parcours noch einmal durch. Ich war klein und wendig und das Überwinden von Hindernissen war Teil der Minimilitärausbildung, die mir mein Vater erteilt hatte.

Das größte Problem würde der große Felsen am Ende sein – man konnte weder darum herum, noch einfach darüber springen. Man musste zuerst hinaufkommen und dann wieder runter, und ich war nicht gerade die Größte. Doch bevor ich das Problem lösen konnte, ertönte der Startschuss und ich sprintete los.

Wie erwartet waren weder die Slalomstangen, noch die Baumstämme oder die Bäche, die ich überqueren musste oder Felsen, unter den ich durchkriechen musste, ein Problem.

Zum Schluss hin hatte ich eine kleine Sprintstrecke, ohne Hindernisse. Ich konnte den großen Felsen schon sehen. Gerade als ich noch einmal beschleunigen wollte, um daran hochzuspringen, sah ich einen zufällig daneben liegenden Baumstamm, über dem, niedrig genug, dass ich ihn erreichen konnte, jedoch hoch genug dass ich mit seiner Hilfe auf den Felsen kommen konnte, ein Ast aus einer Birke wuchs.

Ich überlegte nicht lange, sprang auf den Baumstamm und drückte mich ab. Gerade mal so konnte ich den Ast erreichen und schwang mich weiter. Doch anstatt auf der Oberfläche des Felsens zu landen, hatte ich so viel Schwung, dass ich direkt darüber flog. Da ich aus etwa zwei Metern Höhe auf den Boden fallen würde, spannte ich meinen Körper an. Ich landete hart, mit einem Bein angewinkelt, doch das Schienbein des anderen knallte auf den Waldboden, da ich es nicht mehr schaffte, es nach vorn zu bringen. Es tat höllisch weh. Zum Glück waren meine Haare beim Aufprall wie ein Vorhang um mein Gesicht gefallen, welches ich auf den Boden gerichtet hatte.

Ich verzog das Gesicht, als der Schmerz mein Bein hochschoss, doch ich bekam meine Mimik schnell wieder unter Kontrolle.

Schwungvoll warf ich meine Haare zurück und sah Jeremy direkt an.

„Zwei Hundertstel hinter Howard, Gardner", rief mir die Lehrerin zu und nickte anerkennend.

„Was?", entfuhr es mir enttäuscht.

„Tja, man sollte sich nicht mit Jeremy anlegen, er ist einfach zu gut", zischte Amalia und wollte nach seinem Arm greifen, doch er trat ein paar Schritte auf mich zu und sah auf mich herab.

„Die Idee mit dem Baum war genial. Die zwei Hundertstel hast du nur wegen dem Umweg, den du deswegen nehmen musstest, verloren", er hielt mir mit ernster Miene seine Hand hin.

Ich wollte seine Hand nicht nehmen. Doch ein plötzliches Stechen in meinem Herzen zwang mich, meinen Stolz beiseite zu schieben.

Ohne das Gesicht zu verziehen, nahm ich sie und er half mir auf, während ich meine andere Hand auf die Stelle über meinem Herzen drückte.

„Danke."

Wir standen uns immer noch gegenüber, er machte auch keine Anstalten, meine Hand loszulassen, ebenso wenig wie ich. Er öffnete den Mund, doch wurde von den heftigen Flüchen, die Max von sich gab, unterbrochen und hastig, als hätte er seine Hand verbrannt, zog er sie zurück. Max fiel mehr, als dass sie sprang, von dem Felsen und schleppte sich schwer atmend zu mir.

„Wie – hast – du – puuh, … warte!", sie hielt sich an meiner Schulter fest und schnaufte laut und tief durch.

„Wie hast du das mit dem Baum gemacht, Tarzan? Ich bin gesprungen und gegen den Felsen geknallt! Ist meine Nase blutig?", Max hielt reckte ihr Gesicht in die Höhe.

„Uuh – das sieht schlimm aus!", ich zog scharf die Luft ein. Max sah mich mit großen Augen erschrocken an und tastete sich über die Nase.

„Was? Was!", rief sie verängstigt.

„Ich hab noch nie so viele Sommersprossen auf einmal gesehen – ist da überhaupt noch helle Haut dazwischen?" Ich tippte mit dem Finger auf ihre Nase, doch sie schlug sie beleidigt weg.

„Das gibt Rache!", drohte sie mit erhobener Faust.

„Ich weiß."

Vor 17 Jahren

„Was ist los, Zac? Wieso hast du uns im Eiltempo hierher bestellt?", fragte *er* seinen Bruder.
Auch *seine* Frau, die sich auf das blaue Ledersofa gesetzt hatte, sah neugierig zu ihm auf.
Zac rannte im Zimmer auf und ab und fuhr sich immer wieder hektisch durch die Haare, die dadurch noch chaotischer erschienen, als sie ohnehin schon waren.

„Sie ist vielleicht schwanger", ein Leuchten trat in seine Augen und seine Schwägerin stieß einen Freudenschrei aus. Sie streckte ihm die Arme entgegen und Zac beugte sich zu ihr herab, um sie zu umarmen.
Dann drehte er sich zu *ihm* um und auch die beiden fielen sich in die Arme.

„Gratuliere, Bruder!", *er* klopfte ihm auf den Rücken.

„Danke Davy. Und wie sieht es mit eurem Adoptionsantrag aus?", er grinste *ihn* an, doch als er den Gesichtsausdruck *seines Bruders* und *dessen* Frau sah, verschwand das Grinsen.

„Was ist los? Wird er nicht angenommen? Ich kenne die Leute beim Amt, ich könnte…", *er* unterbrach Zac.

„Du hast es noch nicht gehört?"

„Was soll ich gehört haben? Jetzt hüll dich nicht in Schweigen!"

„Die Rabins sind tot." Das Schweigen im Raum schnitt tiefer ein als die Worte und deren Bedeutung selbst.

„Rachel und Yaakov sind tot? Davy, das ist nicht die Art von Scherzen…", Zac schüttelte ungläubig den Kopf und wieder wurde er von seinem Bruder unterbrochen.

„Ich würde darüber niemals Witze reißen. Sie wurden bei dem Attentat in Tel Aviv getötet – von der fliehenden Menschenmenge zu Tode getrampelt. Ihre Leichen wurden zu ihren Familien nach Haifa geschickt."

Zac setzte sich mit hängendem Kopf zu seiner Schwägerin auf das Sofa, die ihm tröstend die Hände auf die Schultern legte. Er vergrub sein Gesicht in seinen Händen und wieder breitete sich Schweigen aus.

„Was ist mit ihrem Sohn?", Zac richtete sich wieder auf.

„Rachel hat nur noch ihre Eltern, beide alt und krank und Yaakovs Familie hat noch vor der Verlesung des Testaments gesagt, dass sie ihn nicht haben wollen. Er ist seinem Vater wie aus dem Gesicht geschnitten. Die beiden haben aber für solch einen Fall vorgesorgt und Davy und mich testamentarisch als seine Vormünder bestimmt. Der Kleine ist schon auf dem Weg hierher", diesmal hatte *seine* Frau das Wort ergriffen. Ihre Stimme klang beruhigend und geduldig und Zac entspannte sich sichtlich. Doch der fragende Blick wich nicht aus seinen Augen.

„Wie kommt es, dass gerade euch diese unverhoffte Ehre zu Teil wird?", er wählte seine Worte sorgsam, um ihnen nicht zu unterstellen, sich am Verlust anderer zu bereichern.

Wieder war es seine Schwägerin, die antwortete:

„In unserer Kindheit lagen Yaakovs und mein Elternhaus direkt nebeneinander. Wir sind schon seit der Kindheit beste Freunde gewesen."

Kapitel 4

„Ich würde schon sagen, dass wir so etwas wie Freunde sind". Meine Mom hatte mich eine Stunde vor dem Lagerfeuer angerufen und ich erzählte ihr von Max und Hayley. Jeremy ließ ich so gut es ging aus und Amalia war keine einzige Silbe wert.

„Das freut mich. Ich hatte schon Angst, es würde dir nicht gefallen. Wie sind deine Kurse?", im Hintergrund hörte ich das laute Schnurren meines Katers Engine. Nomen est Omen, sag ich da nur.

„Englisch und Französisch sind in Ordnung, aber meiner Meinung nach sollte ein Lehrer, der Politik unterrichtet, nicht so parteiisch sein! Der Unterricht ist rein republikanisch! Und bei meinem Literaturprofessor bin ich mir nicht einmal sicher, ob der das Fach überhaupt studiert hat. Er sieht eher wie der Besitzer eines illegalen Boxclubs aus", Mom lachte und ich musste grinsen.

In der kurzen Schweigepause malte ich mir aus, wie es gerade Zuhause aussehen würde. Mom lag mit Engine auf dem Bauch am Sofa vor dem Bücherregal oder saß mit ihm auf dem breiten Fensterbrett des Erkerfensters, das mein Dad extra für sie gebaut hatte. Doch egal, wo sie war, Engine würde in ihrer Nähe sein, denn er liebte sie abgöttisch.

Ich selbst stand am Fenster, obwohl das außerhalb meines Zimmerbereiches war. Aber ich liebte den Ausblick auf den Wald, also hatte ich die rote Tape-Grenze, die Amalia gezogen hatte, ignoriert und sah nun nach draußen.

„Wie geht's dir?", fragte ich so unbefangen wie möglich.

„Eigentlich grauenvoll – mein Mädchen ist nicht zuhause! Aber dein Vater und das brummende, haarige Ding neben mir, das bei dem Lärmpegel, den es beim Schnurren erreicht, keine Katze sein kann, trösten mich

über die Einsamkeit hinweg", sie wich meiner Frage bewusst aus.
Wieder Schweigen.
„Ich bin müde, das ist alles. Es geht mir gut, mach dir keinen Kopf – hab Spaß! Ich werde einfach noch ein bisschen schlafen, bis dein Vater daheim ist, dann kann mir nichts passieren. Viel Spaß", dann legte sie auf.
Ich starrte auf mein Handy.
„Du bist eine wirklich schlechte Lügnerin, Mom", murmelte ich und warf das Gerät auf mein Bett und mich gleich mit.
Jetzt, wo die Sonne nicht mehr direkt durch das Fenster schien, sahen die Decke und die Wände nicht mehr gras-, sondern ozeangrün aus. Überhaupt schien alles kleiner und dunkler geworden zu sein. Doch bevor ich mir noch mehr Gedanken darüber machen konnte, rauschte meine herzallerliebste Zimmergenossin mitsamt Anhang, drei ihrer besten Freundinnen, herein und über Outfits und Nagellack schnatternd, ließen sie sich auf ihrem Bett nieder.
Ich versuchte sie zu ignorieren und fing an, mein Buch zu suchen. Ich war bald mit „Die drei Musketiere" durch und wollte von der französischen zur englischen Literatur umsteigen, mithilfe von „Through the Looking-Glass" von Lewis Carroll.
Aber weder das eine noch das andere Buch war auf meinem Bett oder daneben auf dem Kästchen.
Also stand ich auf, um im Kasten nachzusehen. Die Tür, die ihn verschloss, hatte nur einen kleinen Haken, der, wenn man den Knauf drehte, sich nach oben bewegte. Mir wäre ein Spind, den man verschließen konnte, lieber gewesen, doch ich konnte es ja nicht ändern.
In den oberen Regalen waren die Bücher nicht, ich ging in die Hocke und durchwühlte meine Tasche, die ich unachtsam einfach hineingeworfen hatte. Ich fand eine Taschenbuchausgabe von ‚Oliver Twist', mein Lieblings-

roman von Charles Dickens und meine Ausgabe von William Blake's ‚Songs Of Experience'.
Aber weder Carroll noch Dumas.

„Hey, Amalia, hast du mein...", ich wurde von einem entsetzten Schrei von einer ihrer Freundinnen unterbrochen, als ich mich ihnen zuwandte.
Als die anderen erkannten, was sie so schreien ließ, wirkten sie total erschrocken. Ich sah an mir hinab und erkannte nicht sofort, was ihr Problem war, sodass ich schon zu einer giftigen Bemerkung ansetzte, als ich meinen Schal am Haken des Kastens hängen sah.
Ich schnappte ihn mir und schlang ihn irgendwie wieder um meinen Hals. Die breiten Schals, die den größten Teil meiner Garderobe ausmachten, hatten nur einen Zweck: die zehn Zentimeter lange und einen Finger breite Narbe mitten auf meiner Brust zu verstecken.

„Was war das?", fragte eine der Royals mit zittriger Stimme.

„Eine Halloweenverkleidung. Und du hast allen Grund, so verängstigt zu sein – sie beißt nämlich!", ich schnappte mir den Gedichtband und lief aus dem Zimmer. Ihr empörtes und mitleidiges Gemurmel drang durch die Tür und ich schloss sie mit Nachdruck.
Diese Narbe hatte ich schon, seit ich denken konnte. Kurz nach meiner Geburt stellte man fest, dass ich einen angeborenen Herzfehler hatte. Daher hatte ich sie aber nicht.
Als ich zwei Jahre alt war, hatten mein Vater und ich einen Autounfall. Dad erzählte mir später, die Ärzte hätten mich operieren müssen, da der Herzfehler sich durch den Schock verschlimmert hatte und mein Körper mit den inneren Verletzungen und meinem instabilen Herzen völlig überfordert war. Mein einfacher Herzrhythmusfehler wurde zu einer Herzinsuffizienz und ich bekam einen Herzschrittmacher. Ich hatte nie ein großes Problem, die Operationsnarbe war eigentlich nur ein paar Zentimeter groß gewesen, doch sie war schlecht verheilt und mit mir im Laufe der Jahre gewachsen.

Sobald ich ein weiter ausgeschnittenes T-Shirt trug, fingen die Leute an zu starren – und wie ich schon viele Male bewiesen hatte, konnte ich mit zu viel Aufmerksamkeit nicht umgehen. Also kaufte ich mir breite Schals, die ich selbst im Sommer trug.
Leider waren die beinahe noch auffälliger.
Ich versuchte diese unangenehmen Gedanken beiseite zu schieben und lief ziellos durch die Gänge, mein einziger Anhaltspunkt war, den Stimmen, die ich hin und wieder hörte, auszuweichen. Irgendwann landete ich vor der Treppe, die zur Turnhalle hinaufführte. Kurz spielte ich mit dem Gedanken, mich in den breiten Matten zu verkriechen. Ich war schon ein paar Stufen hinaufgelaufen, als eine Lichtreflektion mich kurz blendete. Verwirrt sah ich auf die Glasfront vor mir – die Sonne war schon lange daran vorbeigezogen. Ich ging in die Hocke und sah durch das Geländer eine kleine, unscheinbare Tür, mit einem winzigen Fenster.
Dahinter war ein offensichtlich vergessener Basketballplatz. Über und über mit Graffitis besprüht, Gras und Unkraut wuchs in allen Ritzen und Spalten und blaue Prunkwinden wanden sich um den hohen Eisenzaun, der das Spielfeld eingrenzte.
Ich fand nach längerem Suchen eine von Pflanzen überwucherte Tür und zu meiner Freude ging sie auf. Die beiden Basketballkörbe waren an alten Laternenpfählen befestigt und waren enorm verwittert. Ich lehnte mich an einen und schlug gerade mein Buch auf, als eine Gruppe meiner Mitschüler durch die kleine Tür strömte.

„Haha – ich sagte doch, da ist ein … was immer das auch war. Offenes Gewächshaus?", ich erkannte Max' Stimme und beruhigte mich.

„Ein Basketballplatz, Max", ich öffnete ihnen die Tür. Es waren etwa fünfzehn Leute.

„Becca! Das nächste Mal, wenn wir einen abgelegenen Platz brauchen, fragen wir einfach dich – alles abseits der Zivilisation ist dir anscheinend bestens bekannt.

Unser Einsamkeitskompass", sie grinste und führte ihre Meute an mir vorbei auf den Platz.

„Autsch", murmelte ich und wollte eigentlich wieder gehen, wurde aber von Hayley mitgezogen und musste mich zwischen sie und einen schlaksigen Jungen mit AC-DC-T-Shirt setzen.

„Du wirst jetzt nicht abhauen!", zischte mir Max´ schweigsame Freundin zu.

„Ja Ma'am!", ich konnte es mir gerade noch verkneifen, nicht zu salutieren.

Währenddessen stand Max auf und ging auf mich zu.

„Also Leute, das hier ist Becca. Ich weiß, sie ist nicht sehr zugänglich, aber wenn ihr sie nicht doof anstarrt, beißt sie nicht und lässt sich sogar streicheln. Denn wie jeder knurrende Hund will sie nur spielen!"

Ihre Freunde kicherten und ich wurde so rot wie Amalias Lippenstift.

„Also – was gibt es Neues?", Max setzte sich wieder und sah erwartungsvoll in die Runde.

Es wurde auf unerwartete Weise wirklich lustig. Jeder redete durcheinander, sodass mein anfängliches Gefühl, in einer Selbsthilfegruppe gelandet zu sein, wieder verflog. Hayley stellte mir den Jungen neben mir als Bob vor und zuerst redeten wir zu dritt über AC-DC, denn wir fanden heraus, dass wir alle drei Riesen-Fans waren. Später wechselten sie zu Marvel Comics und da ich DC Comics denen vorzog, klinkte ich mich aus der Konversation aus und betrachtete die Leute.

Mit meinem Blick von heute Vormittag hätte ich gesagt, sie sind alle Nerds. Doch schon allein Bob war bei näherem Hinsehen mehr Punk als Nerd – gepiercte Ohren und Zunge, schwarze, zottige Haare und ein Faible für Musik jeder Epoche.

Auch der Rest der Gruppe hatte trotz ihres normalen Kleidungsstils, meist Jeans und T-Shirt, kleine Merkmale, die gegen den ersten Eindruck protestierten. Bei manchen Mädchen blitzten hie und da bunte Haarsträhnen hervor, zwei Jungs hatten Tattoos auf den Oberarmen, andere waren auch einfach nur gepierct oder hatten ungewöhnliche Haarschnitte. Das alles fiel jedoch, wie gesagt, auf den ersten Blick nicht auf.

„Das ist der Sinn der Sache", Max riss mich aus meinen Gedanken und ich sank vor Schreck nach hinten, auf ihre Füße.

„Was für eine Sache?"

„Das man uns nicht nach unserem Äußeren beurteilen kann. Denn wenn man nicht in ein modisches Klischee verfällt, müssen sich die Leute Gedanken über dich machen, bevor sie dich verurteilen", sie schob ihre Haare von der rechten Seite nach links und gab den Blick auf einen im Schachbrettmuster gefärbten Sidecut frei.

„Pink – ist das nicht zu sehr Blondine?" Ich grinste frech zu ihr rauf und sie verzog nur das Gesicht.

„Weiß ging nicht und blau wurde grau. Aber darum geht es nicht! Wir wollen nicht in Schubladen gesteckt werden von Menschen, die uns nicht kennen! Sieh dir Rena an!" Sie deutete auf das Mädchen aus meinem Politikkurs, das ich als Serena in Erinnerung hatte.

„Würdest du mir glauben, bei ihren süßen Grübchen, der braven Bluse und diesen roten Engelslocken, dass sie schon von zwei Schulen geflogen ist?"
Verblüfft sah ich von Max zu Serena.

„Willst du mich verarschen? Die weiß in Politik mehr als ich! Sie ist ein politisches Superhirn!"

„Nur weil sie viel weiß, heißt das nicht, dass sie automatisch brav ist – ich weiß, was du mir sagen willst, denn ihr sieht man ihre rebellische Seite am allerwenigsten an. Doch wenn du wüsstest, was für ein abgebrühter Sturschädel sie ist… Naja, sagen wir einfach, sie ist das Paradebeispiel unserer Gruppe. Im Grunde sind wir alle aus irgendeinem Grund Außenseiter: Sei es wegen unseres Kleidungstils, oder unserer Herkunft. Doch anstatt alleine rum zu hocken und total einsam zu werden, haben wir uns zusammengetan und wurden zu einer so großen

Gruppe, dass wir nicht mehr als Außenseiter gelten können."
Max war offensichtlich sehr stolz auf ihre Freunde und was sie erreicht hatten.

„Also seid ihr im Grunde eine Gruppe selbsternannter Rebellen, die gleichzeitig alle Superhirne sind und getrennt und vereint versuchen, die Welt vor sich selbst zu retten?", fragte ich und sie nickte.

„Dann frage ich nur noch eines: Wer von euch Avengers ist der Hulk? Ich muss doch wissen, vor wem ich mich in Acht nehmen muss." Max schnappte beleidigt nach Luft und fing an, mich über den Platz zu jagen. Ihre Jagd endete, als sie über einen Gitarrenkoffer stolperte, den ein Nachzügler mitgebracht hatte. Sie sah auf den Koffer und grinste mich dann teuflisch an.

„Leute! Becca hat sich gerade dazu bereit erklärt, uns ein Liedchen zu singen!", die Menge jubelte und feuerte mich an, als ich nicht sofort reagierte.
Max hielt mir die Gitarre hin, aber ich sträubte mich dagegen.

„Neinneinnein! Ich kann nicht singen!" Abwehrend hob ich die Hände, doch sie ließ nicht locker.

„Das glaub ich erst, wenn ich's höre!", sie sagte das mit einem Ton, der keinen Wiederspruch duldete und ich ergab mich.

„Wenn euch das Trommelfell reißt, ist Max schuld", murrte ich und spielte die paar Akkorde, die ich kannte.

„Ach – kein Mensch kann so schief singen!", Hayley winkte ab, doch ich runzelte die Stirn.

„Mein Vater kam einmal ins Badezimmer gestürmt, als ich gerade unter der Dusche gesungen hatte, weil er meinte, ich schreie vor Schmerz." Die Meute vor mir fing hemmungslos an zu lachen und ich wurde wieder rot.
Als sie wieder ruhiger wurde, holte ich tief Luft, starrte nur auf die Gitarre und sang das einzige Lied, zu dem ich eine Begleitung spielen konnte. Zu meinem Leidwesen war es nicht so etwas wie "Yellow Submarine" von den

Beatles oder "I see Fire" von Ed Sheeran. Ich sang vor einer großen Gruppe Teenager eins der kitschigsten Lieder, das ich kannte.

"Eternal Flame" von The Bangles.
Clio hatte es mir vor ein paar Jahren beigebracht und ich hatte die Akkorde in mein Hirn eingebrannt, weil es das einzige Musikstück war, das ich je gelernt hatte. Mein Vater schloss in seinen Kunsthass auch die Musik mit ein, sodass ich nie ein Instrument spielen lernte.
Ich hatte bei Clio stundenlang geübt und die Griffe waren mir vertraut.
Bis ich die letzte Note gesungen hatte, traute ich mich nicht von der Gitarre aufzuschauen. Anscheinend brachte Max es fertig, dass sie nicht in totales Gelächter ausbrachen.
Als ich am Ende des Liedes zaghaft den Kopf hob, starrten mir dreißig Augen entgegen und ich sah mich selbst schon wieder rot werden.
Jemand weit hinten fing an zu klatschen. Der Rest fiel pfeifend mit ein, doch mein Blick blieb an dem Jungen am Eingang hängen. Jeremy – wer sonst? – stand lässig an den Zaun gelehnt da und grinste mich an. Wieder kam mir der Gedanke, dass mein Leben beschlossen hatte, ein Girliefilm zu werden – wurde allerdings von der Idee eines Stalkers vertrieben. Wieso würde er sonst immer und überall auftauchen?
Na, toll. Jetzt wurde ich auch noch paranoid.
Ich drückte Max mit dem besten Pokerface, das ich aufbringen konnte, die Gitarre in die Hand und hüpfte über meine Zuschauer hinweg auf Jeremy zu. Doch statt stehen zu bleiben, rauschte ich an ihm vorbei, als würde ich ihn absichtlich ignorieren.
Trotz meines Tempos holte er mich noch vor der Tür wieder ein und stellte sich davor.

„Was wird das denn jetzt?", zischte ich.
Jeremy runzelte die Stirn und verschränkte seine Arme.

„Das gleiche könnte ich dich fragen", er hob eine Augenbraue - ich beneidete jeden Menschen, der das konnte! - als würde er eine ernsthafte Antwort erwarten.

„Wenn du meine Stimme nicht magst, hör sie dir einfach nicht an! Oh – magst du sie nicht? Dann werde ich ab jetzt das lebende Musical. Was willst du nicht zuerst hören? Ich kann West…"
Jeremy drückte mir seine Hand auf den Mund. Während ich ihn entgeistert ansah, atmete er einmal erleichtert durch.

„Ich wollte dich eigentlich nur fragen, wann und wo wir mit unserem Literaturprojekt anfangen sollen. Ich war heute in der Schulbibliothek, aber die Auswahl an Dumas Büchern und Biographien ist skandalös klein.
Und ich mag deine Stimme, sie hat einen sehr charakteristischen Klang. Wenn du willst, können wir das Projekt in Versen…", jetzt drückte ich ihm meine Hand auf seinen Mund. Jeremy sah genauso entsetzt aus, wie ich mir meinen eigenen Gesichtsausdruck vorgestellt hatte.
Ich zog seine Hand von meinem Gesicht und lächelte ihn hinterlistig an.

„Schon mal was vom Internet gehört?"

Vor 15 Jahren

„Nein, sie haben sich noch nicht gemeldet. Marokko wird sie zu sehr einnehmen, als dass sie an ihre Söhne denken, schätze ich. Es ist ein wunderschönes Land", Zac lächelte, als er auf die kleine Idylle in seinem Garten blickte.
Alexis trug ein langes, wehendes Sommerkleid, dessen weiße Farbe sich von ihrer braungebrannten Haut sichtlich abhob. Sie saß mit ihrer Schwägerin in der Hollywoodschaukel, sie tratschten, lachten und warfen immer wieder sorglose Blicke zu den Zwillingen, die auf einer Patchworkdecke herumkrabbelten und mit Legosteinen spielten.
Auf dem Schoß der Schwägerin saß ein drei Jahre alter Junge, der sich an sie klammerte und dem sie immer wieder beruhigende Worte auf Hebräisch zuflüsterte. Zac und Davy saßen auf der Terrasse, beide stolz auf ihre kleinen Familien.

„Es ist, als würden wir in einer Seifenblase leben. Nichts aus der Außenwelt dringt zu uns vor", Davy lachte unbeschwert auf.

„Der Kleine spricht mit jedem Tag besser Englisch. Fae liebt ihn abgöttisch. Manchmal habe ich nur Angst, sie würde ihn zu sehr verhätscheln. Doch dann sehe ich, wie glücklich sie ist und dann könnte ich nie etwas sagen."

„Seit Alexis mit den Zwillingen aus dem Krankenhaus gekommen ist, lässt sie sie keine Minute aus den Augen. Sie hat so große Angst, dass etwas passieren könnte, obwohl sie es mittlerweile gut versteckt. Und jeden Abend singt sie solange, bis sie eingeschlafen sind. Das kann zwar manchmal Stunden dauern, doch Alexis würde nie aufhören, bis nicht beide tief und fest schlafen. Zum Glück schlafen die beiden durch, sonst würde sie kein Auge zukriegen vor Sorge", Zac lächelte in sich hinein.

Wie klein ihre Probleme auf einmal waren, dachten beide bei sich.
Die Seifenblase, die ihre perfekte Welt enthielt, platze, als es an der Tür klingelte.

„Bleib sitzen, Zac, ich geh schon! Das wird Elizabeth sein, sie wollte uns diese Woche besuchen kommen!", rief Alexis und eilte ins Haus.

„Ich schwör dir, irgendwann werde ich diese Frau erwürgen! Elizabeth ist die anstrengendste Nachbarin, die du dir nur vorstellen kannst:
"Jetzt wo ihr Kinder habt, ist bestimmt kaum mehr Zeit für euch selber zu kochen. Hier – ich hab euch Lasagne gemacht!" – Jetzt, wo ihr Kinder habt, kommt ihr bestimmt kaum mehr zum Einkaufen. Hier – ich hab euch den halben Supermarkt aufgekauft!", Davy lachte, als sein Bruder die unerträglich hohe und schrille Stimme seiner Nachbarin nachäffte und dabei das Gesicht zu Grimassen verzog.

„Alexis?" Erst als Fae besorgt an ihnen vorbei zum Haus sah, bemerkten die beiden Männer die Frau und die beiden Polizisten hinter ihr.
Ihre Schwägerin setzte den Jungen auf die Decke und ging schnell auf sie zu. Auch die beiden Männer standen auf.
Alexis' Augen waren rot und voller Tränen.
Zac nahm sie in die Arme und sie schluchzte in sein Hemd. Einer der Polizisten trat zögernd vor.

„Zacharias Chase?", fragte er und sah verunsichert zwischen den Brüdern hin und her.

„Das bin ich. Das ist mein Bruder Davy. Was kann ich für sie tun?"

„Es tut uns sehr leid, Ihnen mitteilen zu müssen, dass Ihre Eltern bei einem Bombenanschlag in Marrakesch ums Leben kamen. Die näheren Umstände sind bisher unbekannt."

Kapitel 5

„Unbekanntes Problem? Ich kenne dein Problem: du bist einfach so alt, dass du Dumas noch persönlich kanntest!", knurrte ich und schlug mit der Handfläche gegen das wirklich steinzeitliche Ding, das ein Computer sein sollte.

„Alles in dieser Schule wurde renoviert, nur hielten sie es offenbar nicht für angebracht, neue Computer zu kaufen, statt diesen antiken Teilen." Jeremy saß lässig zurückgelehnt in einem der Schreibtischsessel (die ebenfalls neu aussahen, oder einfach selten benutzt worden waren) und versuchte ein Grinsen zu unterdrücken.

„Was?", fauchte ich ihn an.

„Du siehst so niedlich aus, wenn du dich aufregst. Es ist nur ein Computer, Becca. Heute kriegen wir das sowieso nicht mehr hin, aber wir könnten morgen nach dem Unterricht in die Stadtbibliothek gehen. Dort sind bestimmt modernere Computer *und* Bücher über und von Dumas", er stand auf und löste meine Finger, die ich in die Lehne meines Sessels gekrallt hatte.

„Ich bin *nicht* niedlich!", ich entzog meine Hände seinen.

„Nein, du bist eine gefährliche Kampfmaschine. Aber eine niedliche, gefährliche Kampfmaschine", er grinste und ich schlug ihm, so sanft es mir möglich war, in den Magen – was nicht sehr sanft war.

„Hör auf mich zu verarschen!"

„Ich verarsch dich nicht. Das war ein Kompliment", er krümmte sich spielerisch, doch wehgetan konnte ich ihm nicht haben. Er hatte seine Bauchmuskeln angespannt gehabt.

„Niedlich ist kein Kompliment in meinen Augen", murmelte ich.

Bevor er etwas sagen konnte, plapperte ich weiter.

„Also, du hast recht, heute wird das nichts mehr", ich schlug mit meinen Armen, als würde ich versuchen, wegzufliegen – eine lästige Angewohnheit, wenn ich verlegen war.

„Morgen in der Stadtbibliothek also. Tja... Dann wäre das ja geklärt. Bis später!" Ich hielt meine Arme, während ich sprach, fest an meinen Körper gepresst und starrte überall hin, nur nicht auf Jeremy. Da fiel mir meine Tasche ins Auge, ich ging schnell darauf zu, warf sie über meine Schulter und hörte Jeremys gelassenes „Ciao!" fast nicht mehr.

Kaum war ich um die nächste Ecke gebogen, schlug ich mir auf die Stirn.

„Idiotinidiotinidiotin!", flüsterte ich, während ich die Stiegen hochlief. Konnte ich nicht einmal normal auf Komplimente reagieren? Oder auf Jeremy? Oder auf Gleichaltrige generell? Apropos! Erschrocken fischte ich mein Handy aus der Tasche. Es war kurz vor neun!

„Scheiße! Das Lagerfeuer!"

Ich kehrte kurzerhand um und rannte prompt in Jeremy hinein. Bevor ich wieder eine Szene wie heute Vormittag hinlegen konnte, umfing er mit einem Arm meine Taille und mit der anderen Hand schnappte er sich meine Tasche, die mir sonst schon zum zweiten Mal die Treppen runter gesegelt wäre. In dieser komischen Pose waren wir uns so nah, dass ich zum ersten Mal seine Augenfarbe erkennen konnte. Um die Pupille war ein schmaler, brauner Ring, der ins Bernsteinfarbene verlief und ganz außen plötzlich zu einer Mischung aus blau und grün wurde. Fast türkis. Die zweite Sache, die mir auffiel, war, *dass wir uns extrem nah waren!*

Und darauf kannte mein Körper nur eine mögliche Reaktion. Rot anzulaufen.

„Das – öh... Das...", ich war so peinlich berührt, dass ich weder sprechen, noch mich bewegen konnte. Gut, vielleicht lag es auch an der Intensität seines Blickes. Zum Glück fiel mir das Wort wieder ein.

„Lagerfeuer?", quietschte ich, meiner Stimme nicht so mächtig, wie ich dachte.

Er wandte seinen Blick ab auf seine Armbanduhr, ließ mich aber nicht los. Ich ertappte mich bei dem Gedanken, seine Augen mögen wieder zu mir zurückschauen und verfluchte mich gleichzeitig.

„Es ist schon neun, wir sind zu spät. Komm!", Jeremy ließ meine Taille los, weswegen ich einerseits traurig und deswegen sauer auf mich war, nahm aber meine Hand, weswegen ich sowohl glücklich und immer noch sauer war.

Ich, die immer behauptet hatte, ihr Herz völlig unter Kontrolle zu haben, genau deren kleines, rhythmusgestörtes Herz raste jetzt vor kindischer Glückseligkeit. Und zwar so regelmäßig und laut, dass meine Ärzte mich vermutlich für geheilt erklärt hätten. Aber mein Verstand (zumindest das letzte vernünftige bisschen) wusste, dass dieses Rasen ganz und gar nicht gesund für mich war.

Wir rannten quer durch das Gebäude und nicht einmal ließ er meine Hand los. Wir begegneten niemandem und so fiel mir zum ersten Mal der romantische Flair, den Schulen in diesen Teeniedramen immer haben, auf. Es ist schwer zu beschreiben, doch wenn man ein Gebäude für sich hat, von dem man weiß, dass es normalerweise nicht still ist, sondern vor Leben und Geschichten und Geschichte geradezu pulsiert, hat man das Gefühl, als würde selbst ein unruhiger Ort allein für dich aufhören, laut und überquellend zu sein.

Für mich war der Weg vom Treppenhaus bis zur Tür, die zum Sportplatz führte, viel zu kurz. Bevor wir nach draußen liefen, hielt Jeremy an.

„Ein kleiner Rat, Becca. Wir sind hier ein Haufen Teenager, die eigentlich keine Lust drauf haben, in den Ferien in der Schule zu sitzen. Also machen wir das Beste daraus und versuchen trotzdem eine schöne Zeit zu haben – all die Leute, die ich bisher kennen gelernt habe, waren der gleichen Ansicht: Warum sollten wir anfangen, ein verwirrendes Netz aus Heuchelei und komplizierten Beziehungen zueinander zu spinnen, wenn wir doch im Grunde nichts zu verlieren haben? Ich bin auch dieser Meinung. Sei einfach du selbst – naja, die weniger paranoide Version deiner selbst, die hinter jedem freundlichen Typen einen perversen Macho vermutet – geh auf die Leute zu und denk nicht nach. Viel Spaß noch!"
Bevor ich etwas erwidern oder ihn wahlweise schlagen konnte, war Jeremy durch die Tür nach draußen gegangen. Nicht zu denken war wesentlich schwieriger als Gitarre spielen oder Bogenschießen, wie ich feststellte. Außerdem hatte Jeremy in einer Sache unrecht gehabt: Wir waren nicht eine Gruppe Teenager, sondern viele Grüppchen.
Irgendjemand, vermutlich die Lehrer, hatten mehrere alte Kohlebecken auf dem Kunstrasen verteilt und darin Feuer entzündet. Und um jedes ‚Lagerfeuer' saß eine Gruppe Jugendlicher, schön voneinander getrennt. Meine Entscheidung, zu welchem Kohlebecken ich mich setzen sollte, wurde mir von Max abgenommen, die mich bittend mit ihren Welpenaugen zu ihr und ihren Rebellen hypnotisierte.
Bob, der Typ von heute Nachmittag, hatte – wie sich herausstellte – seine Gitarre wieder mit. Diesmal sträubte ich mich erfolgreich, zu spielen, doch ich sang bei jedem Lied mit und wenn er ein selbstgedichtetes Solo einlegte, half ich, wie alle anderen, die Strophe zu vervollständigen und lachte mit ihnen, als Hayley ihn wegen eines wenig schmeichelhaften Reims über den Sportplatz jagte. Aber nicht zu denken, gab mir das Gefühl, mich zu verstellen. Es fühlte sich nicht richtig an, mich mit Men-

schen, die ich nicht kannte so vertraut zu unterhalten. Ich weiß, das hört sich unentspannt und verklemmt an, doch an einem Punkt in meinem Leben war ich zur Einzelgängerin geworden. Einzelgänger beobachten Leute und versuchen still und im Hintergrund aus ihnen schlau zu werden. Einfach so in einer Unterhaltung mitzumachen, ohne die Personen zu kennen, gab mir das Gefühl, als würde ich zu viel, zu schnell von mir Preis geben.

Um etwas Abstand zu der Überdosis Zivilisation um mich zu bekommen, entfernte ich mich von Max' Gruppe und wanderte im Schatten des Gebäudes langsam auf die Eingangstür zu. Offiziell mussten alle Schüler mindestens bis zehn bleiben. Ich sah auf die Uhr meines Handys. 21:45. Ich hatte keine Lust, länger hier draußen zu sein, also sah ich mich um. Alle Aufsichtslehrer hatten sich um ein etwas abseits stehendes Kohlebecken versammelt und sahen nicht in meine Richtung.

Als ich meinen Blick wieder zur Tür wandte, stand auf einmal der Kunstlehrer von heute Vormittag vor mir. Ich erschrak fürchterlich und als er es sah, setzte er ein entschuldigendes Lächeln auf.

„Hallo Rebecca."

„Guten Abend, Sir", meine Atmung ging schwer und ich spürte ein leichtes Stechen in meiner Brust, doch zum Glück ging es schnell vorbei.

Mit einem besorgten Gesichtsausdruck legte der Lehrer mir eine Hand auf die Schulter.

„Ist alles in Ordnung? Ist es dein Herz?"

„Nein, es geht schon, dass war ni-... Sie wissen von meinem Herzen?", in meinem Hinterkopf hörte ich leise Alarmglocken klingeln.

„Ich bin ein Hellseher, schon vergessen?", er lachte unbeschwert.

„Nein, aber im Ernst. Ich habe mir die Aufnahmen des heutigen Hindernispacours angesehen. Dabei ist mir deine Narbe aufgefallen, eins und eins zusammen-gezählt

und offenbar ging meine Gleichung auf", er grinste und ich lächelte verunsichert zurück.
Er sah sich die Aufnahmen an und sah mir dabei auf die Brust? Nicht sehr vertrauenserweckend!
„Ja... also, Professor...", mir fiel auf, dass er mir bisher noch keinen Namen genannt hatte.
„Askari, Thomas. Geboren in Marokko, als Kind zweier Franzosen, doch ich lebte hauptsächlich hier."
„Also, Professor Thomas, es geht mir nicht gut und ich würde mich gerne hinlegen. Glauben Sie, man könnte bei mir eine Ausnahme machen und mich schon jetzt von der Veranstaltung entlassen?" Auch als ich keinen Schmerz mehr spürte, wusste ich, dass dieser Trick funktionieren würde, selbst wenn ich log.
Erwachsene haben Mitleid mit Kindern, die es, sei's wegen einer Krankheit, sei's wegen einer Behinderung, schwerer haben als ‚normale' Kinder. Wir haben einen Bonus, den wir zwar teuer bezahlen müssen, dafür aber voll ausschlachten können.
Und auch dieses Mal lag ich nicht falsch.
Professor Thomas schaute sich heimlich um und schob mich dann Richtung Tür.
„Das bleibt aber unser kleines Geheimnis", flüsterte er und zwinkerte mir zu.
„Natürlich. Vielen Dank, Professor!"
Bevor ich durch die Tür verschwinden konnte, meldete sich eine mir wohlbekannte Stimme zu Wort.
„Professor Thomas! Würden Sie mir gestatten, Becca zu begleiten? Es ging ihr schon heute Nachmittag nicht gut und ich habe Angst, dass ihr etwas passieren könnte", Jeremy trat in das Licht der Notausgangslampe über der Tür. Er zwinkerte mir zu und sah dann wieder zu dem Kunstlehrer. Ich fing plötzlich an zu beten. Ob dafür, dass Jeremy mich begleiten konnte oder dagegen, ich wusste es nicht. Selbst als Professor Thomas nickte, war ich mir nicht im Klaren über das, was ich wollte.

Jeremy hielt mir die Tür auf und ich ging, mit gesenktem Kopf, schnell an ihm vorbei. Er verwirrte mich und ich behielt gerne meine Gedanken in einer Linie.

„Hey, wo läufst du denn hin?", er holte auf und hielt mir seinen Arm hin.

Einen Tick zu spät verstand ich diese Geste und hakte mich, peinlich berührt, bei ihm unter.

„Also… herzkrank, ha? Und trotzdem machst du Ausdauersport?", seine Augen fixierten mein Gesicht und ich wurde – zum vermutlich hundertsten Mal an diesem Tag – rot.

„Kennst du die Grundregeln von Konversation? Eine davon lautet, sein Gegenüber nicht anzustarren, das gibt dem Gesprächspartner ein eigenartiges Gefühl"! Er sah sofort weg.

„Um deine Frage zu beantworten, ja, ich bin herzkrank. Und Bogenschießen ist kein Ausdauersport", ich versuchte, ihn so cool wie möglich von der Seite anzulächeln. Vermutlich sah ich so aus wie ‚Joker' aus ‚Batman'.

„Ja, aber der Hindernislauf war definitiv kein Kinderspiel für Laien. Und du warst nur zwei Hundertstel hinter mir – das heißt was!", Jeremy lächelte mich ebenfalls an und ich machte den Fehler in seine Augen zu sehen. Ich verlor meine Konzentration und brauchte eine Weile, bis ich antwortete.

„Du… bist ganz schön…", mir fiel das Richtige Wort nicht ein.

„Selbstverliebt? Ja, so etwas in der Art hast du mir schon mal gesagt. Ich glaube, ich bin als Kind zu viel verhätschelt worden."

„Nur als Kind?", rutschte es mir heraus. Ich bereute es noch, während ich es aussprach.

„Wie ist das jetzt gemeint?"

„Naja, so wie die Blicke von Mädchen wie Amalia an dir kleben, muss das doch eine unheimliche Bestätigung sein."

„Da hast du nicht ganz Unrecht. Doch man sollte nicht nur auf sein Spiegelbild schauen, sondern auch auf das, was dahinter ist", er hob vielsagend eine Augenbraue. Mittlerweile waren wir schon im Gang zu meinem Zimmer.

„Wow – gab's heute Philosophen zum Frühstück?" Wir standen schon vor meiner Zimmertüre.

„Nein, das sollte ein Hinweis darauf sein, dass ich ein Buch von dir gefunden habe. Es muss dir aus der Tasche gefallen sein", er zog das kleine Taschenbuch aus seiner hinteren Hosentasche und hielt es hoch.

„'Through the Looking Glass' von Lewis Carroll. Hast du eigentlich nie leichte Lektüre gelesen, so Jugendbücher von der New York Times Bestseller- Liste? Wie zum Beispiel ‚Percy Jackson'?"

„*Du* hast ‚Percy Jackson' gelesen?"

„Was ist so komisch daran?"

„Du siehst nicht aus wie jemand, der solche Bücher liest."

„Hey, als der erste Band rauskam, war ich zehn! Percy war mein absoluter Held und bitte verzeih mir, dass ich meinen Kindheitshelden nicht einfach so ersetze oder grausam in eine Ecke werfe und dort verschmoren lasse", er sah so aufgewühlt aus, dass ich lachen musste.

„Warte – du hast gesagt - ‚jemand, der solche Bücher liest' - das heißt du kennst die Reihe"! Ich feixte schuldbewusst und Jeremy lachte triumphierend auf. Ich öffnete die Tür zu meinem Zimmer.

„Ich wusste es! Ich wette, du warst so eine kleine Annabeth – die nervige Besserwisserin", er warf sich auf mein Bett und grinste breit.

„Hey – sie ist keine Besserwisserin! Sie ist nun mal intelligenter als der Rest und übrigens auch wesentlich geschickter im Umgang mit Waffen"! Ich versuchte ihn zur Seite zu schubsen, doch der Versuch misslang kläglich. Jeremy setzte sich aber gnädiger Weise auf und machte mir somit Platz, mich neben ihn fallen zu lassen.

„Ja aber vor allem in den ersten Teilen ist sie der reinste Eisklotz! Im Grunde so wie du:" Wieder versuchte ich, ihn zu schubsen, doch er lachte bei dem Versuch nur.

„Ich bin kein Eisklotz, genauso wenig wie Annab....., streiten wir uns gerade wirklich über ‚Percy Jackson'?", wir sahen uns beide an – und brachen gleichzeitig in Lachen aus.

Ich glaube, wir lachten etwa fünf Minuten lang ohne Unterbrechung.

„Wir sind ja sooo erwachsen, Jeremy Howard", kicherte ich, als wir uns einigermaßen erholt hatten.

„Da kann ich Ihnen nur zustimmen, Rebecca Gardner. Aber es sind die kleinen kindischen Augenblicke, die das Erwachsensein so erstrebenswert machen", meinte er und wischte sich eine Lachträne aus den Augen, während er aufstand.

Bevor er noch etwas sagen konnte, ging schwungvoll die Tür auf und Amalia kam rein. Sofort veränderte sich Jeremys Gesichtsausdruck und er fing an, allein durch Blicke zu flirten. Im selben Augenblick bereute ich unsere Vertrautheit. Jungs – immer wieder fielen sie auf solche Mädchen rein. Doch das sagte mehr über sie aus, als über die Mädchen, die sich hinter Push-Ups und Masken aus Make-Up versteckten. Die waren einfach nur aufmerksamkeitssüchtig.

„Amalia. Immer wieder eine Freude – auch für das Auge", Jeremy lächelte verführerisch und ich hätte am liebsten gekotzt.

„Wie üblich der Gentleman"! Wahnsinn, Amalia konnte lächeln!

Er nahm ihre Hand, beugte sich vor und küsste sie.

„Nur die gute Erziehung, nicht das wirkliche Wesen." Sollte ihn das jetzt tiefgründiger erscheinen lassen, überlegte ich zweifelnd. Doch es wirkte und fasziniert sah ich zu, wie Amalia ihm von Sekunde zu Sekunde mehr verfiel.

Als Jeremy - mit einer Art männlicher Grazie den Raum verließ, sank die Temperatur bei dem Blick, den meine Zimmergenossin mir zuwarf, um gefühlte fünfzig Grad.

„Jeremy ist mein Sommerflirt. Wieso versuchst du es überhaupt? Er hat dich ja offensichtlich sofort fallenlassen, als er mich sah – falls da überhaupt etwas zum Fallenlassen war!" Sie baute sich vor mir auf und ich sah mit überheblichem Gesichtsausdruck zu ihr hoch.

„Ja, du hast Recht. Wieso versuche ich es eigentlich?", dieser Spruch sollte vor Sarkasmus nur so triefen, doch er klang, als würde ich es so meinen.

Was natürlich absurd war, ich kannte ihn ja kaum. Und er war offensichtlich ein Gigolo.

Ich nahm mir mein Toilettentäschchen und versuchte den Geschmack und Geruch dieses Tages wegzuwaschen. Amalia kam irgendwann ins Bad, um die Tuben Make-Up, Mascara, Eyeliner und Lidschatten mit unzähligen Abschminktüchern von ihrem Gesicht zu kriegen. Als sie fertig war, sah sie beinahe normal aus. Weniger bedrohlich, beinahe nett – *beinahe!*

Sie trug schon ihren Pyjama – oder eher ihr negligeeartiges Nachthemd. Als ich in Boxershorts und Top zurück ins Zimmer trat, musste ich bei ihrem Aufzug grinsen.

„Für mich hättest du dich nicht so… knapp anziehen müssen. Oder mit so viel Spitze. Aber ich schätze deine Mühe, du meintest es bestimmt nur gut!"

Amalia starrte mich nur mit offenem Mund ungläubig an, dann schien sie nach Worten zu suchen gab es aber mit einem leicht roten Gesicht auf. Nur Sekunden nachdem ich das Licht ausgemacht hatte, wurde ihre Atmung ruhig, regelmäßig und langsam. Menschen, die binnen Sekunden einschlafen konnten, waren wirklich gesegnet. Oder ohne Gewissen, wie mein Vater manchmal sagte.

Ich lag mit dem Gesicht zur Wand und versuchte die Bilder, die mir durch den Kopf gingen, auf das Grün zu projizieren. In fremde Klassen gestopft zu werden, war für mich nichts Neues. Und wenn ich meine Erinnerungen an erste Schultage mit dem heutigen verglich, waren das hier meine besten.

Max und Hayley hatten mich an ihre Gruppe angeschlossen. Meiner Erfahrung nach war das der Grundstein für einen leichten Start. Einmal in der Gesellschaft aufgenommen, war der Rest ein Klacks und diese zwei Wochen würden vielleicht sogar lustig werden.

Wenn ich jetzt noch Casanova aus meinem Kopf bekommen würde, könnte ich unter Umständen, trotz der Erster-Tag-Nervosität, einschlafen. Aber mein kindliches Mädchenhirn spielte immer wieder die Umarmung auf der Stiege ab.

Wie Jeremy mich auffing.

Wie er mich ansah.

Wie er mich nicht losließ.

Ich wälzte mich herum, rollte mich zusammen, streckte mich aus, ließ Arme und Beine aus dem Bett hängen, doch nichts half!

Jeremys Augen waren in meine Gedanken eingebrannt.

Vor 15 Jahren

„Der Gedanke, sie beide in diesem Fall mit einzubeziehen gefällt, mir gar nicht!" Der Director, ein schon etwas in die Jahre gekommener Mann, ließ es sich nicht anmerken, doch er war beeindruckt von den entschlossenen Gesichtern der beiden Männer.
Es waren die besten Männer seiner Einheit. Die sich ihrer Sache ohne zu zweifeln, sicher waren.
Doch diese Art von Entschlossenheit der beiden Brüder kannte er.

„Sir, wir wären… wir sind die Besten für den Fall. Wir hatten schon in früheren Ermittlungen mit dieser Terrorgruppe zu tun. Auch waren wir beide schon in Marokko stationiert. Wir kennen das Land, wir kennen die Leute. Und allein der persönliche Aspekt…", Zac wurde durch ein Abwinken des Directors gestoppt.

„…würde Sie dazu treiben, aufs Äußerste zu gehen und Sie dazu bringen, nie aufzugeben. Ich kenne diese Argumente alle. Oft genug haben sie mich überzeugt." Bisher war er im Raum auf und ab gegangen, nun ließ er sich in seinem breiten Sessel hinter seinem Schreibtisch nieder. Betont langsam legte der Director seine Handflächen auf die Tischplatte und zog die Augenbrauen zusammen, als würde er scharf nachdenken und seine Worte sorgfältig wählen.

„Doch oft genug fingen eben solche Agenten an, gegen das Gesetzt zu verstoßen, blieben nicht mehr objektiv. Und so kamen die meisten von ihnen von einer Ermittlung nicht mehr lebend zurück.
Meine Herren, das Alter bringt den manchmal bitteren Genuss der Erfahrung mit sich. Vielleicht hätten sie mich ein letztes Mal überzeugen können, doch wie ich ja vor kurzem erst erfahren habe, sind sie nun beide Väter!" Die Zuversicht Davys und Zacs schwand sichtlich.

„Mein Vater starb 1960 in Vietnam. Damals war ich gerade vier. Daher ist es mir auch ein persönliches Anliegen, sie nicht in diesem Fall einzusetzen! Ich weiß, wie es ist, vaterlos zu sein. Und das ist nichts, was ich einem Kind zumuten möchte. Also ist meine Antwort - Nein!"
Zac holte tief Luft, doch Davy legte ihm eine Hand auf den Arm und schüttelte warnend den Kopf. Schweigend verließen sie zusammen das Büro und kurz darauf das Hauptgebäude.
Ohne sich abzusprechen, steuerten sie auf einen Park zu. Er war so gut wie verlassen, nur vereinzelte Studenten mit Laptops und Büchern saßen auf dem Rasen und Senioren drehten zu zweit oder in kleinen Gruppen ihre Runden. Nur wenige Wolken waren zu sehen und die Sonne schien sehr kräftig, obwohl es schon Herbst war. Sie färbte die Blätter und warf künstlerische Schatten auf Wiesen und Wege. Doch die beiden Brüder hatten dafür heute keinen Blick übrig.
Sie ließen sich auf einer Bank nahe eines Spielplatzes nieder.

„Jetzt sind wir auf die träge Ermittlung desinteressierter Agenten angewiesen. Und vielleicht kriegen wir dann in zehn Jahren die Antworten, die wir jetzt wollen. Doch wir dürfen nur herumsitzen und nichts tun!" Zac sah aus, als würde er am liebsten auf etwas einschlagen.

„Und als Ausgleich dürfen wir unsere Kinder aufwachsen sehen. Nur damit die uns einmal vorwerfen können, nichts getan zu haben", er drückte sich die Faust vor den Mund, um nicht zu schreien. Die Wut in ihm schien alles andere zu verdrängen.

„Hattest du das wirklich vor?", Davy sah ihn gelassen an.

„Was?"

„Nichts zu tun."

„Was sollten wir machen können? Der Director wird dafür sorgen, dass wir nicht einmal in die Nähe des Gebäudes kommen!" Zac war aufgesprungen und lief gehetzt hin und her.

„Wir müssen auch nicht ins Gebäude, um Informationen zu bekommen", Davy ließ ihn nicht aus den Augen. Ruckartig blieb Zac stehen.

„Ich kann dir nicht folgen."

„Oh, doch, das kannst du. Überall wo die nötigen Quellen sind, sitzen Kollegen und Freunde von uns. Die meisten werden uns liebend gern auf den neuesten Stand der Ermittlungen bringen. Manche sogar mehr als das", jetzt sprang Davy auf und fasste Zac an den Schultern.

„Alles, was wir wissen müssen, sammeln wir uns nach und nach zusammen. Und ab einem bestimmten Zeitpunkt, brauchen wir diese Quellen gar nicht mehr, denn wir haben einen Vorteil."

„Welcher wäre?"
Davy lächelte seinen Bruder teuflisch an.

„Wir kennen Land und Leute."

Kapitel 6

Leute zu finden, die sich in der Stadt auskannten, war gar nicht so leicht. Ganz zu schweigen davon, überhaupt jemanden zu finden. Offenbar wohnten in dieser Kleinstadt ausschließlich Pendler, die am frühen Nachmittag noch nicht wieder von der Arbeit zurückgekommen waren. Und die örtlichen Jugendlichen hatten noch nie von einer Bibliothek gehört.

Also irrte ich lange herum, bis ein älterer Herr mir half und den Weg zu meinem Ziel beschrieb. Das Gebäude, in dem sie sich befand, war ausgesprochen unscheinbar. Schlichte Fassade, schlichte weiße Holztür schmale Fenster. Ein kleines, altmodisches Schild aus Eisen schwang trostlos im Wind hin und her und die Aufschrift war kaum zu erkennen.

„Na, toll", murmelte ich und öffnete vorsichtig die Tür. Meine Vorstellung, wie eine Bibliothek aussehen sollte, schwankte zwischen der Anzahl der Bücher in der Kongressbibliothek, den Ausmaßen des Louvres und der Fassade des Weißen Hauses. Mit anderen Worten: Die kleine, einstöckige und armselig bestückte Ansammlung von Büchern in dieser Kleinstadt war äußerst deprimierend.

Zumindest hatten sie (im Vergleich zu den Ötzi-Computern der Schule) moderne Rechner, mit gratis Internetzugang. Ich setzte mich gleich zum erstbesten und fuhr ihn hoch. Was geschlagene fünf Minuten dauerte, doch wenigstens schaltete er sich ein.

Währenddessen sah ich mich etwas um. Der einzige andere anwesende Mensch war ein alter Mann mit weißem Haar und extrem ausgeprägtem Parkinson. Doch das schien ihn nicht weiter zu stören, er sortierte mit größtmöglicher Sorgfalt Bücher ein, nachdem er sie katalogisiert hatte.

Immer wieder sah ich zur Tür hinüber. Jeremy sollte längst hier sein. Ich war schon zu spät dran gewesen, doch er war immer noch nicht da. Vielleicht fand er den Weg hierher auch nicht.

Ich sah mich weiterhin um und mein Blick fiel auf ein klobiges Gerät, das wie ein alter Fernseher aussah, wäre die komische Überdachung nicht gewesen.

„Mit diesem Gerät kann man alte Zeitungsartikel, die auf Mikrofilm gespeichert sind, lesen. Das Ding wurde schon jahrelang nicht mehr benutzt, dank dem Internet", der alte Mann lächelte mich freundlich an.

„Und wieso steht es dann noch hier, wenn man in Servern alles finden kann, was man sucht?", fragte ich zurück und er lachte auf.

„Ihr jungen Leute verlasst euch zu sehr auf diese Geräte", er deutete auf den Computer.

„Doch es gibt Dokumente, die werdet ihr da drin nie finden. Vielleicht, weil man sie nicht für wichtig hielt, manche jedoch, davon bin ich überzeugt, wollte die Regierung nie wieder an die Oberfläche kommen lassen. In ihrem Wahn, alles Böse zu vernichten, zerstören sie auch die Erinnerungen daran."

Ich dachte lange darüber nach, bevor ich antwortete.

„Ist das denn etwas Schlechtes?"

Wieder lachte der Mann.

„Wenn Sie mich fragen: - Ja! Denn wie sollt ihr jungen Leute denn aus den Fehlern von uns Alten lernen, wenn wir zu eitel sind, sie zuzugeben?"

Ich fing an diesen Mann wirklich zu mögen.

„Doch wenn man sie uns gar nicht zeigt, passieren sie uns vielleicht nicht – und wenn man sie uns zeigt, machen wir sie vielleicht nach!", ich wandte mich ihm nun ganz zu und er nahm auf einem Stuhl neben seinem Bücherregal Platz.

„Die Geschichte wiederholt sich, meine Liebe. Ich bin davon überzeugt, würde man euch jungen Menschen in der Schule nichts über die Nazis beibringen, gäbe es schon längst wieder eine solche Partei – doch diesmal vielleicht hier bei uns, in Amerika."

„Es gibt aber noch immer Rechtsradikale und Neonazis", ich zog kritisch eine Augenbraue hoch.

„Ja, aber das Wissen der breiten Masse über die Grausamkeiten von damals verhindert, dass sie wieder so stark werden. Ich denke, die meisten dieser Anhänger glauben im Grunde ihres Herzens nicht wirklich an diese verdrehten Ideale. Sie brauchen nur ein Weltbild, mit dem sie nicht alleine dastehen. Einsamkeit ist die größte Furcht des Menschen", mit diesem Satz erhob er sich.

„Unsere kleine Unterhaltung hat mir sehr gefallen, doch nun muss ich weiter arbeiten, so sehr ich es auch bedaure. Es hat mich gefreut, Ihre Bekanntschaft zu machen", mit einem freundlichen Lächeln im Gesicht verschwand er.

„Die Freude ist ganz meinerseits!", rief ich ihm hinterher, doch ich war mir nicht sicher, ob er das noch gehört hatte.

Die Worte des Mannes hielten mich so beschäftigt, dass ich mich kaum auf meine Recherchen konzentrierte, geschweige denn Jeremys Ankunft mitbekam.

„Ist'n ganz schönes Loch hier, was?"

Der Schreck fuhr mir so derartig in die Glieder, dass ich beinahe vom Stuhl fiel. Wieder einmal fing mich Jeremy gerade noch rechtzeitig auf.

„Kannst du das mal lassen?", fauchte ich ihn an – es war einfach nur peinlich, wie oft ich in seiner Nähe stolperte.

„Was genau?", sein unverschämtes Grinsen trieb mich in den Wahnsinn.

„Du weißt genau was ich meine! Und jetzt lass mich los!" Blöde Idee.

„Okay."

Ich knallte auf den Boden, was komisch aussah, denn meine Beine hingen noch irgendwie über dem Stuhl.

Als ich Jeremy spöttisch auf mich herabblicken sah, rappelte ich mich schnell auf.

„Kann es sein, dass du ein Problem damit hast, Hilfe anzunehmen?"

„Nein. Ich habe ein Problem damit, dass du mir das Gefühl gibst, mir nicht selbst helfen zu können!" Ich setzte mich auf meinen Stuhl zurück und beugte mein Gesicht, das nun vermutlich rötlicher leuchtete als die Mühle des „Moulin Rouge", über meine Aufzeichnungen.

„Wo warst du eigentlich? Ich hab nicht vor, das hier allein zu machen", mein Themenwechsel schien gelungen, Jeremy setzte sich zu mir.

„Wie ich gesagt habe: Dieser Ort ist ein ganz schönes Loch und verwinkelter, als eine amerikanische Stadt sein sollte."

Ich wusste nicht, was ich darauf erwidern sollte und auch Jeremy schien nicht scharf auf Smalltalk zu sein, also arbeiteten wir still nebeneinander her. Unglücklicherweise war es die peinliche Art von Stille, die man am liebsten durchbrechen würde, allerdings nur nicht wusste wie. Doch das hatte den Vorteil, dass wir für das Portfolio nur zwei Stunden brauchten, um komplett fertig zu werden.

Aber dann war da noch der Heimweg.

Auch wenn wir nur verlegen (*ich* war zumindest verlegen, bei Jeremy konnte ich es nicht sagen) nebeneinander hergingen, kam mir der Weg wie der längste und anstrengendste vor, den ich je zurückgelegt hatte. Hin und wieder versuchte einer von uns ein Gespräch anzufangen. Das lief dann ungefähr so ab:

„Also… wie lange lernst du schon französisch?"

„Seit ich acht bin."

„Aha." Stille.

„Du warst ziemlich gut bei dem Hindernislauf gestern. Machst du öfter Parcours?"

„Nein."

„Ah." Stille.

Ich war noch nie so froh, mein Handy klingeln zu hören, das unglaublich laut die bedrückende Stille durchbrach. Ohne den Namen auf dem Display zu lesen, hob ich ab.

„Hallo?"

„Hallo Schätzchen. Wolltest du deinen alten Herren nicht auch mal anrufen und ihm erzählen, wie es so läuft?" Auch wenn mein Dad es liebevoll meinte, war ein kleiner Vorwurf zwischen den Zeilen zu lesen.

„Doch, wollte ich. Aber ich bin erst den zweiten Tag hier, soviel gibt es nicht zu erzählen", murmelte ich so leise wie möglich ins Telefon.

„Dann kannst du mir zumindest sagen, wie die Sportstunden gelaufen sind?"

„Gut – ich hatte die zweitbeste Zeit im Hindernislauf." Ich biss meine Zähne zusammen. Dumme Antwort.

„Zweitbeste? Wer hat dich geschlagen?", seine Stimme wurde um zehn Grad kälter.

„Einer meiner Mitschüler."

„Werde jetzt nicht sarkastisch Miss. Du weißt, dass du dein Bestes geben musst, wenn du dort ein Stipendium kriegen willst?" Ich seufzte.

„Ich weiß."

„Schau, ich will dich nicht unter Druck setzen, doch das ist eine riesige Chance für dich! Du könntest dort dein ganzes Potenzial nutzen."

„Wenn ich mein ganzes Potenzial nutzen soll, lass mich Musik machen", grummelte ich.

„Du weißt, was ich davon halte. Und abgesehen davon hat nie jemand in unserer Familie je ein Musikinstrument gespielt."

„Was für ein Glück, dass wir nicht dieselben Gene in uns tragen, was? Dad, ich muss auflegen, ich mache gerade Hausaufgaben. Ich melde mich bald wieder!"

Bevor er noch etwas sagen konnte, hatte ich den roten Knopf schon gedrückt. Ohne einen Blick an Jeremy zu verschwenden, ging ich schnell weiter. Ich wollte nur noch in mein Bett.

„Becca, warte mal", Jeremy tauchte neben mir in meinem Blickfeld auf.

„Was?" Ich war auf einmal so erschöpft, dass ich nicht einmal mehr genervt klingen konnte.

„Du hast gesagt, dass du und dein Dad nicht die gleichen Gene in euch tragt. Das heißt, er ist dein Stiefvater?" Er sah wirklich interessiert aus, als würde er auf eine bestimmte Antwort hoffen.

„Nein. Ich bin adoptiert. Meine Adoptiveltern wissen nichts über meine „richtigen" Eltern, also stell ich mir manchmal vor, ich sei 'ne Jugendsünde gewesen." Ich zuckte mit den Schultern.

„Meine Eltern haben nie den Verheimlichungsquatsch durchgezogen, falls du dich das fragst. Sie haben es mir von Anfang an gesagt und haben damit vieles einfacher gemacht."

Ich war neugierig auf seine Reaktion und sah ihn an. Statt dem üblichen Grinsen tauchte auf einmal ein ziemlich sympathisches Lächeln in seinem Gesicht auf.

„Möchtest du deine leiblichen Eltern nicht kennen lernen?"

„Nein, es wird einen triftigen Grund haben, dass sie mich weggegeben haben, warum unnötig Schuldgefühle heraufbeschwören?", wieder zuckte ich mit den Schultern.

„In diesem Fall wird es vermutlich so sein. Ich lebe auch nicht bei meinen Eltern."

Überrascht starrte ich ihn an.

„Warum nicht?"

„Naja, auch wenn ich das sonst keinem sage, aber ich finde Friedhöfe gruselig. Außerdem schläft es sich bestimmt nicht gut auf dem kalten Boden."

Ich brauchte etwas, bis diese Information in mein Hirn gesickert war.

„Normalerweise hasse ich es, wenn Leute das zu mir sagen, doch – es tut mir aufrichtig leid."

„Ich glaube, du bist die Erste, von der ich das annehme. Weißt du, ich verstehe, oder zumindest kann ich nachvollziehen, warum du deine Eltern nicht finden willst. Aber hätte ich den Hoffnungsschimmer, dass meine Eltern noch leben könnten, würde ich alles daran setzen, sie zu finden." Gedankenverloren sah er auf die Straße.
Egal, was ich vorher über ihn gesagt hatte, in diesem Moment hätte ich ihn gerne umarmt. Er sah auf einmal gar nicht mehr wie der extrovertierte Junge aus, der mich bisher immer auf die Palme getrieben hatte. Es kam mir wirklich vor, als hätte er eine Maske abgelegt und einen unterdrückten Teil seiner Persönlichkeit zum Vorschein gebracht.
„Ich glaube, ich habe zu viel Angst davor, was ich finden würde. Auch, wenn das jetzt grausam klingt, aber deine Eltern haben dich nicht absichtlich verlassen. Ich… ich hab so schon genug Druck, da brauche ich nicht noch zwei Alkoholiker, Drogendealer, in der High- School hängen gebliebene oder wahlweise streng baptistische Texaner, die sich meiner schämen…"
Wir redeten noch stundenlang und niemals wieder trat peinliches Schweigen ein. Irgendwann an diesem Abend war eine Verbindung entstanden, wie ein Link, der uns plötzlich eine gemeinsame Sprache gegeben hatte. Auf einmal entdeckten wir viele Gemeinsamkeiten und verbrachten viel Zeit miteinander.
Mr Streatfield sah sich äußerst bestätigt, als er die Veränderung zwischen mir und Jeremy bemerkte. Schließlich hatte er ja Kuppler gespielt. Er war so mit sich selbst zufrieden, dass er unsere Arbeit nur überflog, da er davon überzeugt war, dass ‚sein Paar' gute Arbeit geleistet hatte.
Amalia war allerdings weniger entspannt. Doch sie konnte ihre lästige Eifersucht nicht an mir ausleben, denn dann hätte sie Minuspunkte bei Jeremy gesammelt. Also schoss sie weiterhin nur giftige Blicke ab. Doch ich hatte

eine so schöne Zeit, dass die Blicke an mir abprallten, wie Regentropfen von einem Regenschirm. Jeremy war unerwarteter Weise gar nicht so seriös (oberflächlich?), wie er erschien. Nichts, aber auch gar nichts konnte komisch oder kindisch genug sein für ihn, er setzte immer wieder einen drauf! Ich vergaß meinen Druck und meine Ängste und zusammen fingen wir an, anderen Streiche zu spielen.

Mitmenschen mögen sagen, in unserem Alter sei das unreif, doch für mich war es, das Leben in vollen Zügen zu genießen!

Hin und wieder waren auch Hayley und Max mit von der Partie, doch sie konnten sich nicht so recht mit Jeremy anfreunden. Aber das war mir völlig egal. Ich war glücklich.

Vor 13 Jahren

Es brachte Zac fast um, den eigenen Bruder zu Grabe zu tragen.
Dass das Auto abgestürzt war, war eine genauso unbestreitbare Tatsache, wie der offene Sarg, in dem Davy blass und ohne Puls lag.
Außer ihm waren kaum Trauergäste anwesend. Es war lachhaft – Zac hätte wirklich am liebsten laut aufgelacht, sei's auch nur, um die Wut, die Frustration und die Trauer wegzubekommen. Oder zumindest für einen Augenblick verschwinden zu lassen. Doch diese Gefühle fraßen ihn auf.
Stunden saß er nun schon unmittelbar vor dem Sarg, der in der kleinen Kapelle stand und hörte den Stimmen in seinem Kopf zu, die ihn von innen mit ihren Schuldzuweisungen vergifteten. Die Beileids-bekundungen der wenigen Trauergäste ignorierte er völlig – sie waren nichts als Heucheleien, da waren sich seine Stimmen einig.
Sein Bruder hätte einen ganzen Saal an ehrlichen Trauergästen verdient. So viel Verlust…
Verzweifelt drückte Zac sich die Hände an die Schläfen, denn er hatte das Gefühl, auseinander zu fallen.
Er wusste genau, was Alexis nun gesagt hätte. Sie hätte ihn angebrüllt, er solle sich gefälligst zusammenreißen und keine Schande über seinen toten Bruder bringen.
Aber Alexis war nicht mehr hier. Und so konnte auch niemand verhindern, dass sich im Laufe dieses Tages sein Herz in Stein verwandelte.

Kapitel 7

„Die Verwandlung dieses Ladens ist unglaublich – als ich früher mit meinem Dad herkam, war das ein gemütliches, von Licht durchflutetes Café. Die Fenster standen eigentlich immer sperrangelweit offen.
Doch dann wurde der Laden einmal überfallen – ein Obdachloser kletterte mit einer Waffe durch eins der Fenster und raubte dem Inhaber aus. Seitdem hat dieser einen solchen Schock, dass er all sein Geld in Metalldetektoren und Alarmanlagen steckt. Aber sie haben die besten Smoothies hier." Jeremy kicherte, ein mittlerweile völlig vertrautes Geräusch.

„Gott schütze Amerika, das Land der extremen Patrioten und grenzenloser Paranoia!" Ich legte meine rechte Hand zur Faust geballt an die Brust und fing an, die Nationalhymne zu summen.

„Ich denke, das könnte ein gutes Gedicht werden:
Ein Land extremer Patrioten
Ein Land riesiger Idioten,
voll grenzenloser Paranoia,
das ist mir nicht geheuer!
So holt' nur her die Kleriker,
Gott, schütze mir Amerika!"
Jeremy unterstrich jedes Wort mit ausholenden Gesten und übertriebener Mimik. Ich ging beinahe zu Boden vor lachen.

„Hör auf! Wenn dich hier jemand hört, wirst du ohne wenn und aber erschossen. Wir sind hier schließlich im Süden."

„Ah, ihr Yankees habt ein von Klischees getrübtes Bild von uns Südstaatlern. Wir sind eigentlich ganz normal wie alle anderen auch und total tolerant!" Lässig blies er sich eine blonde Locke aus dem Gesicht.

„Hat der Typ da vorne gesagt, er sei Demokrat?" Ich zeigte hinter ihn und Jeremy schnellte herum.

„Wie kann er es wagen, dieser Verräter!"
Er sah sich so aufgebracht um, dass ich wieder anfangen musste zu lachen und selbst sein sanfter Schlag auf den Hinterkopf mich nicht beruhigen konnte.

„Scheiß Yankee", grummelte Jeremy und brachte mich so nur noch mehr zum Lachen. Ich wischte mir auch noch vor dem Lokal, das er mir zeigen wollte, die Lachtränen aus dem Gesicht und versuchte wieder normal zu atmen. Der Anblick des Gebäudes war da sehr hilfreich. Die Fenster waren vergittert, zwei Überwachungskameras hingen über dem Eingang und gleich hinter der Glastür (Panzerglas, da war ich mir sicher) stand ein Metalldetektor, wie die am Flughafen. Der Ladeninhaber stand persönlich daneben und musterte misstrauisch die Passanten. Mit seiner Falkennase, missmutig zusammengekniffenen Augen und der molligen Statur sah er aus wie ein schlecht besetzter Mafiaboss aus einem billigen Film.

„Na toll. Ich hoffe du stehst auf Dramen", murmelte ich. Jeremy setzte sein bestes Pokerface auf, legte eine Hand an den Bauch, eine an den Rücken und verbeugte sich tief:

„Ladys first!" Ich kicherte und knickste artig.

„Aber nein, mein Herr, ich halte es eher mit Alter vor Schönheit."
Jeremy boxte mir mit beleidigtem Schmollmund in die Schulter und sprang dann die Stufen zum Eingang hinauf. Ich folgte ihm, während er Portemonnaie, Uhr, Gürtel und eine Kette mit zwei Hundemarken abgab und anschließend durch das türrahmenartige Ding hindurchging. Kein Geräusch.

„Jetzt Sie, Miss", knurrte der Dicke und winkte mich zu sich.
Genau wie Jeremy legte ich alles ab, das metallisch war. Doch als ich durch den Detektor ging, piepste es, wie immer. Und das würde auch immer so bleiben.

Jeremy zog fragend eine Augenbraue hoch, doch ich zuckte nur mit den Schultern. Eine verschwitzte Hand krallte sich in meinen Oberarm.

„He, Mädel, zur Seite da!", bellte der Ladeninhaber.

„Ganz ruhig, ich brauche nur meine Geldtasche, bitte", ich bat ihn freundlich, doch ich konnte in seinem Gesicht erkennen, dass er mich für eine Gefahr hielt.

„Ne ne, ich bin ja nicht von Gestern! Das kriegst du so schnell nicht wieder!", sein speckiges Gesicht lief rot an. Er streckte seine Arme aus, um mich abzutasten und dass brachte das Fass zum Überlaufen.

„Fassen Sie mich nicht an!" Meine Stimme war lauter und nachdrücklicher als sonst und er fuhr erschrocken zurück.

„Jeremy, nimm bitte mein Portemonnaie. In einem Geheimfach unter den Münzen ist ein Ausweis vom John Hopkins Bayview Hospital. Könntest du mir den bitte geben?"
Er nickte, tat, worum ich ihn gebeten hatte und reichte ihn mir.

„Ist das...", fing er an, doch ich unterbrach ihn.

„Das ist ein sogar vor Gericht gültiger Beleg, der bestätigt, dass ich mein Leben lang einen Herzschrittmacher tragen werde. Und das wiederum heißt, dass ich Metall in mir trage, was wiederum den Alarm ihres völlig überflüssigen Dings hier erklärt."

„Oh, dieses überflüssige Ding hat mir eine Menge Arbeit erspart", hörte ich da auf einmal. Professor Thomas war hinter dem Dicken aufgetaucht. Bevor ich etwas fragen konnte, erkannte ich verwirrt, dass der Detektor erneut Alarm schlug und die anderen Gäste nervös werden ließ, als der Lehrer auch schon eine Waffe zog und auf mich zielte.
Mein Gehirn schaltete auf Tunnelblick – ich sah nur Thomas und die Waffe in seiner Hand, doch dieses Bild schien mir falsch und anstatt etwas Lebensrettendes zu unternehmen, stand ich nur da und versuchte eine logi-

sche Erklärung für die Szene vor mir zu finden. Ich sah ihn reden, konnte aber nichts verstehen, denn ich hörte schon nur mehr das Blut in meinen Ohren rauschen, als sich der Schuss löste.

Meine Knie gaben nach, ich klappte zusammen und knallte Gesicht voran auf den harten Boden. Ein Glas meiner Brille zerbrach und die Scherben bohrten sich in meine rechte Wange und Schläfe. Ob mich die Kugel getroffen hatte oder nicht, konnte ich nicht sagen. Mein Verstand schien sich von mir losgerissen zu haben, alles, was ich wahrnahm, schien meinen Kopf sofort wieder zu verlassen. Verschwommen ging vor mir Professor Thomas zu Boden und jemand sprang über seinen Körper. Ich war so nahe an dem Zeichenlehrer, dass ich seine toten Augen sehen konnte – sie waren direkt auf mich gerichtet.
Tote Augen.
Noch bevor mein Gehirn diese Information verarbeiten konnte, wurde ich schon auf die Füße gerissen und jemand zog mich zur Tür hinaus. Ich wehrte mich nicht, versuchte aber, zurück auf Professor Thomas zu blicken. Doch zu viele verzerrte Gesichter störten meine Sicht und ich sah nur einen Fuß, der eine Sandale trug.
Am Rande meiner Wahrnehmung bemerkte ich, dass es Jeremy war, der mich aus dem Lokal zerrte und in ein davor parkendes Auto verfrachtete. Vermutlich wäre ich noch länger total neben mir gestanden – die Waffe, die Leiche, die Panik – hätte ich nicht die Browning in seiner Hand entdeckt, als er einstieg. Ich schrie wie verrückt, vermutlich sah ich auch so aus, denn Jeremy riss erschrocken die Augen auf. Panisch suchte ich nach der Türentriegelung, als ich das Geräusch eines automatischen Schlüssels hörte, der den Wagen zusperrte. Ich fing an zu zittern und unkontrolliert zu atmen.
Ein grausiges Stechen machte sich in meiner Brust bemerkbar und unwillkürlich legte ich meine Faust über die

schmerzende Stelle, als würde es davon besser werden. Zu spät vielen mir die Worte meines Vaters ein, der mir einschärfte, in einer ebensolchen Situation keine Schwäche zu zeigen. Ganz zu schweigen von den anderen Lektionen, die er mir im Laufe meines Lebens erteilt hatte. Langsam wurde mein Kopf wieder klar, ich nahm all meinen Mut zusammen, um zumindest eine in die Tat umzusetzen: niemals den Gegner aus den Augen lassen.
Jeremy hatte beide Hände auf die Höhe seines Halses gehoben, wie um sich zu ergeben.

„Es ist alles gut. Die Waffe ist weg. Siehst du? Ich bin keine Gefahr für dich", er sprach sanft und ließ die Hände so lange in der Luft, bis ich mich etwas entspannte.

„Ich bin nicht angeschossen", das war eine Feststellung, doch ich betonte es wie eine Frage, sodass Jeremy bejahte.

„Ein Schuss hat sich aber gelöst … und Professor Thomas ist tot … und du hast eine Waffe", es war normalerweise gar nicht meine Art, das Offensichtliche auszusprechen, da es unnötig und überflüssig war. Aber das Festhalten einfacher Fakten half mir wieder in die Gänge zu kommen.
Zumindest dachte ich das, doch als mir Thomas´ tote Augen in den Sinn kamen und das keine Szene in einem Film und auch keine Einbildung gewesen war, brannte mir wieder eine Sicherung durch.

„Du hast Professor Thomas erschossen!"
Ich kreischte und versuchte aus dem Auto auszusteigen. Jeremy griff nach meinen Handgelenken, ich entkam und es entstand ein kleines Handgemenge, bei dem er gewann.

„Er hätte sonst dich erschossen!", er brüllte mich so furchterregend an, dass ich wieder anfing zu zittern. Jeremy bemerkte es und ließ mich los.

„Was blieb mir denn anderes übrig?" Seine Stimme klang kurz schwach und verletzlich. Jeremy fuhr sich mit einer Hand übers Gesicht und mit dieser Bewegung schien er sich wieder zu fangen.

„Schnall dich an", befahl er und startete den Motor.

„Wohin fahren wir?"

Er gab keine Antwort, ich war mir nicht einmal sicher, ob er mich gehört hatte. Jeremy schien ganz in Gedanken versunken. Ich belästigte ihn nicht weiter. Einen Menschen zu töten, stellte ich mir nicht direkt kommunikationsanregend vor. Und es stellte sich auch langsam aber sicher das Gefühl des blinden Vertrauens bei mir ein, das ich in letzter Zeit zu ihm entwickelt hatte.

Ganz davon abgesehen hatte er mir gerade mein Leben gerettet! Wie sollte ich ihm nicht vertrauen?

„Ich wusste, dass er es war", murmelte Jeremy auf einmal und riss mich aus meinen Gedanken.

„Dass er was war?", die Verwirrung in meiner Stimme war deutlich hörbar.

„Naja, der Typ den sie auf dich angesetzt haben – hatten", er zuckte nur mit den Schultern.

„Er wurde auf mich angesetzt? Von wem? Und wieso wusstest du das?", meine Ratlosigkeit stieg ins Unermessliche. Wovon zur Hölle sprach er?

„Bauchgefühl. Und das Böse findet sich meistens in der Kunst."

Meine Verwirrung schlug um in Fassungslosigkeit.

„So ein Schwachsinn!", entfuhr es mir.

„Ist es nicht!"

„Gib mir ein Beispiel!"

„Professor Moriarty war Kunstliebhaber."

„Der ist fiktiv!"

„Das Phantom der Oper."

„Noch erfundener geht's nicht, oder?"

Jeremy dachte kurz nach.

„Hitler."

„Touché."

Wir schwiegen eine Weile, er bestätigt lächelnd und ich schmollend. Bis mir wieder siedend heiß einfiel, was

gerade passiert war und Jeremys komische Aussage über sein Bauchgefühl. Eine unnennbare Vorahnung jagte mir einen kalten Schauer über den ganzen Körper. Als ich ihn von der Seite betrachtete, fiel mir zum ersten Mal das auf, was ich auch schon bei Professor Thomas festgestellt hatte, jedoch ohne zu erkennen, dass ich richtig lag.
Etwas an ihm war falsch.

„Also, wer bist du wirklich?" Ich versuchte, selbstbewusst zu klingen, da ich auf gut Glück fragte und nicht sagen konnte oder wollte, ob ich recht behalten würde.

„Nicht dein Feind." Diese Antwort war nicht sehr beruhigend.

„Wieso wusstest du, dass jemand hinter mir her sein würde?" Ich drehte mich soweit es mir möglich war zu ihm. Er sah mich nur kurz an und konzentrierte sich dann wieder auf die Straße.

„Naja, nachdem wir glaubten, dich gefunden zu haben, sind uns diverse Anhäufungen von Raubüberfällen und Ladendiebstählen in deiner Umgebung aufgefallen. Für Baltimore nichts Ungewöhnliches, jedoch waren die Täterprofile sehr ähnlich…", schon diese zwei Sätze überforderten mein Hirn.

„Moment – wer ist wir, warum habt „ihr" mich gesucht und was zur Hölle hat Professor Thomas mit der erhöhten Kriminalitätsrate von Baltimore zu tun? Und woher weißt du, wo ich wohne?"

„Das ist jetzt alles viel zu kompliziert zu erklären. Die Kurzfassung ist so ungefähr, dass dein Dad und dein Onkel bei irgendeinem Einsatz in etwas verstrickt waren, dabei haben sie etwas Wichtiges mitgehen lassen und somit den Zorn der vorigen Besitzer auf sich gezogen. Die haben sich gerächt und da ist den beiden erst klar geworden, was sie da bekommen hatten. Sie brauchten einen sicheren Platz dafür et voilà – dein Vater bekam eine kleine Tochter mit Herzrhythmusstörungen. Sie pflanzten dir das Teil ein und ließen den Chirurgen, der praktischerweise ein alter Freund von der Uni war, den

Datenträger dazu bauen. Dann hat sich dein Onkel die Sache anders überlegt und hat dich mitgenommen, um dir bei Gelegenheit den Chip wieder zu entnehmen und ihn zu verkaufen, denn er hatte große Spielschulden. Langer Rede kurzer Sinn, hier wären wir heute nun, wo du anscheinend keine Ahnung von dem Ding in deinem Brustkorb oder deinen Familienverhältnissen hast", Jeremy sah mich an, als ihm noch etwas einzufallen schien.

„Ich weiß nicht, ob es nicht auf der Hand liegt, aber Rebecca Brooke Alice Gardner ist nicht dein richtiger Name. Leider hat mir J den nie verraten."
Völlige Verzweiflung kroch in jeden Winkel meines Hirns wie Gift. Ich hatte mich für eines der wenigen adoptierten Kinder gehalten, das nie in irgendeiner Weise angelogen wurde – meine Eltern hatten mir immer versprochen, nur die Wahrheit zu sagen. Aber sie hatten gelogen. Sie hatten mir vorgelogen, absolut ehrlich zu sein. Was für ein krankes Paradoxon war das denn?
Ich verschränkte die Finger über meinem Kopf und schloss meine Augen.

„Gib mir ein paar Fakten", mein Oberkiefer schien an meinem Unterkiefer festgeklebt worden zu sein.

„Was?", verwirrt starrte Jeremy mich an.

„Meine Vernunft wird gerade von ein paar hässlichen Gefühlen zum Streik gezwungen – gib mir ein paar Wahrheiten, die meinen Kopf wieder aufklaren lassen!", ich schrie beinahe und Jeremy fuhr erschrocken kurz auf die Gegenfahrbahn.

„Okay, ähm…", er schnipste nervös mit einer Hand, als würde ihn das zum Denken anregen.

„Mein Name ist nicht Jeremy Howard", die Bombe schlug ein.

„WAS?"

„Na was hast du denn gedacht? Dein Onkel kennt meinen Namen und ich und J sind auch bei den Leuten, die dich heute umbringen wollten, gut bekannt, da wäre es ja die reinste Kamikazeaktion, dich ohne falschen Namen zu suchen!", sein Tonfall war ungewohnt arrogant, als würde er mich für total bescheuert halten.

„Ist ja schon gut, Mr. Bond. Das ist gerade nur zu viel gewesen… Mach weiter!" Ich fuchtelte ungeduldig mit den Händen, bevor ich wieder in meine Ausgangsposition zurückging.

„Wir fahren jetzt nach Windsor. Dort wartet J in einer Wohnung auf uns und sagt uns wie's weiter geht."
Ich ließ mir das alles durch den Kopf gehen, doch es mischten sich immer noch nervige Zweifel und lästige kleine Stimmen, die plötzlich alles in Frage stellten, was mich und meine Vergangenheit ausmachte.
Ich wandte eine Übung an, die mir mein Dad mal zeigte, falls ich jemals aus den Augen verlieren sollte, was der Wirklichkeit und was meinen Emotionen entsprang. Alle Gedanken wurden auf eine grüne Tafel projiziert und ich wischte die Dinge, die ich nicht beweisen konnte, mit einem Tuch weg. Er hatte sie von seiner Mom gelernt, die Schauspielerin gewesen war und so die richtigen Gefühle zur richtigen Zeit abrufen konnte.

Aber war deine Großmutter wirklich Schauspielerin?
Mit diesem Gedanken war der Effekt der Übung wieder zunichte gemacht. Wurde aber durch einen anderen ersetzt.

„Wie heißt du dann also?"
„Aaron."

Vor 14 Jahren

Der Geruch von Desinfektionsmittel und Leichen hing noch in seinen Kleidern wie eine Krankheit, als er die Stufen des schmalen, gelben Haus hochstieg. An seine Hand klammerte sich der kleine schwarzhaarige Junge, dessen Augen immer noch rot und geschwollen waren vom Weinen. Er wollte ihn gerne trösten, doch er wusste nicht, wie. Bisher hatte sich seine Frau immer mit ihm beschäftigt und der Kleine schien ihn auch nicht sonderlich zu mögen. Aber sie konnte sich jetzt nicht mehr um ihn kümmern.
Niedergeschlagen von dem Gedanken betätigte er die Türglocke und bereute es sofort. Er hörte Kindergeschrei und wütende Schritte, die in seine Richtung donnerten. Erschrocken versteckte sich der Kleine hinter seinen Beinen. Die Haustür wurde aufgerissen und Zacs wütendes Gesicht zeigte sich. Er wollte gerade so richtig loslegen, als er seinen Bruder erkannte.

„Davy? Was zur Hölle machst du hier? Warum bist du nicht im Krankenhaus?"
Er konnte die Antwort im Gesicht seines Bruders ablesen.
„Scheiße…", er fuhr sich mit beiden Händen übers Gesicht.
„Ich konnte nicht nach Hause. Da ist sie überall! Ich wusste, dass das eines Tages passieren würde, aber … aber…", Davy rang verzweifelt mit den Händen, bis sich eine kleine Hand beinahe tröstend an seine klammerte.
Er sah zu dem kleinen Jungen, der ihn mit großen Augen ansah. Er bekam Schuldgefühle, dieses Kind so zu belasten.
„Kommt herein, fühlt euch wie zuhause. Ihr könnt auch ein paar Tage bleiben. Ich würde dich jetzt nur ungern alleine lassen", Zac nahm seinen Bruder am Arm und zog ihn ins Wohnzimmer.

Alexis stand mit einem der beiden Zwillinge im Arm neben dem Sofa und sah ebenfalls etwas genervt aus – ob wegen der nächtlichen Störung durch Davy oder durch ihre Kinder, konnte er nicht sagen, doch es war irrelevant.

„Fae ist tot. Es ging so schnell, die Ärzte konnten ihr Leiden nur erleichtern", er sank rücklings auf die Couch und stützte seinen Kopf mit seinen Händen ab. Er spürte, wie der Kleine neben ihn kletterte und sich schutzsuchend an seinen Arm klammerte. *Oder trostspendend.*

„Es tut mir so leid, Bruder. Das war zu plötzlich."
Eine kleine Pause entstand. Alexis machte keine Anstalten, irgendetwas zu sagen.

„Ich verstehe, dass dies ein grausamer Schlag des Schicksals war, es ist auch kein Problem, dass ihr beide hier bleibt und natürlich werden wir unsere Mission für eine Zeit aufschieben, um…", ruckartig hob Davy den Kopf und Zac stoppte.

„Aufschieben? Meine Frau ist tot, weil ich sie wegen unserer hirn- und ziellosen Rachepläne ohne jegliche Hilfe allein ließ. Sie klappte in unserem eigenen, sicheren Heim zusammen und ich war nicht da! Der einzige Grund, warum sie überhaupt in ein Krankenhaus gebracht wurde, war, weil der Kleine im Kindergarten war und sie ihn nicht abholen kam! Sonst wäre sie zuhause alleine gestorben. Wäre ich da gewesen, würde sie noch leben!" Mittlerweile schrie er und der Junge fing vor Angst an zu zittern. Alexis nahm ihn bei der Hand, immer noch mit einem der Zwillinge auf dem Arm und zog ihn in die Küche.

„Das weißt du nicht! Du kannst nicht mit hundertprozentiger Sicherheit sagen, dass sie noch leben würde!", Zac baute sich bedrohlich über ihm auf und auch Davy kam auf die Beine.

„Selbst wenn nicht – kannst du nicht sehen, dass das Wahnsinn ist? Diese ganze Racheaktion, wenn uns jemals jemand auf die Schliche kommt, sind wir dran! Wie

kannst du deine kleine Familie – Alexis, Sascha, Robin – wie kannst du sie nur in solche Gefahr bringen?"
„Wie kannst du deinen kleinen Sohn ansehen und wissen, dass die, die seine Eltern getötet haben, noch da draußen sind und nicht bestraft wurden? Wie wird er sich bei diesem Gedanken, dass du die Chance hattest, aber nichts getan hast, später fühlen?"

„Der Junge war drei als Yaakov und Rachel starben! Er fühlt keinen Hass, ja noch nicht einmal Verlust! Er kann sich schon jetzt nicht mehr an sie erinnern!", es schien, als wäre selbst der Verkehr auf dem nahegelegenen Highway zum Erliegen gekommen. Es kam selten vor, dass Davy schrie, aber rot vor Zorn und mit Wuttränen in den Augen hatte Zac ihn noch nie erlebt.
Für einen kurzen Moment sah es so aus, als würde Zac, der im direkten Vergleich zu seinem Bruder beinahe schmächtig und klein wirkte, sich ducken und nachgeben. Doch dann richtete er sich auf, und sprach mit vollkommener Gleichgültigkeit:

„Und genau das hätte nie passieren dürfen!"

Kapitel 8

„Aber es ist passiert und ist nicht mehr zu ändern!", Jeremy diskutierte schon zehn Minuten mit dem mysteriösen Mann namens J. Nein, nicht Jeremy. Aaron.
Das war schwerer zu begreifen, als mir lieb war. Überraschenderweise hatten mich die vielen Informationen zwar überrollt, doch schneller als erwartet, war ich damit klar gekommen. Die Lügen, die er mir über sich erzählt hatte, allerdings nicht. Sie brannten wie glühende Kohlen in meinem Brustkorb.

„Hör zu, mir ist klar, dass das nicht optimal gelaufen ist und ja, ich hätte wachsamer sein sollen. Aber sie ist wohlauf und wir sind in fünf Minuten da, dann kannst du dich selbst überzeugen. Sie ist die richtige, glaub mir!", damit legte er auf.

„Wer genau ist J?", diese Frage hatte mich schon das ganze Telefonat über gequält.

„Er ist derjenige, der die Suchaktionen leitet", Aaron sah uninteressiert auf die Straße.

„Ja, aber wieso er? Seid ihr eine Art Privatdetektei und er ist dein Boss?"

„So könnte man das auch nennen – wir sind jedenfalls ziemlich privat", irgendetwas an diesem Gedanken ließ ihn schmunzeln.

„Was soll das heißen?"

„Na eben genau das – dass wir sehr privat sind!"
Die Zahnräder in meinem Kopf begannen zu greifen, sich langsam zu drehen und ich fing an zu kombinieren.

„Ihr habt keine Lizenz!"

„Du hörst dich so überrascht an. Fast als wäre das die Aussage des Tages", Sarkasmus und Arroganz sind nur durch eine haarscharfe Linie voneinander getrennt und er hatte sie knapp überschritten.

„Jetzt hör mal zu du... *Menteur* – stell mich jetzt bloß nicht als die Dumme dar. Mein Leben hat sich gerade in

Mathematik verwandelt – kompliziert, unverständlich und mit vielen Unbekannten, die ich noch nicht geklärt habe! Also spar dir deine Machokommentare und beantworte einfach meine Frage!"
Jer... Aaron lächelte wie jemand, der genau wusste, wann er die Oberhand hatte.

„Aber dazu solltest du doch erst eine stellen."
Mit einem entnervten Knurren warf ich die Hände zu einer verzweifelten Geste in die Luft und er musste lachen. Sein Lachen stoppte jedoch abrupt, als wir an einem Ortsschild vorbeifuhren. Windsor.

„Hier wartet J auf uns?" Aaron nickte unbehaglich.
„Was ist los?"
Er antwortete nicht sofort. Erst als wir auf einen Parkplatz vor einem Bahnübergang hielten, wandte er sich mir zu.

„J ist kein sehr sensibler oder gar einfacher Mensch. Er sagt Dinge so, dass sie verletzend sein können – ich meine damit nicht, dass er sie nicht so meint, doch er ist sich nicht im Klaren über ihre Wirkung. Er war mir ein guter, wenn auch ein strenger Vater und was er tat, war nur im Sinne der Welt, auch wenn sie es nicht schätzen kann. Erwarte kein Verständnis für deinen Schock – seine eigene Lebenserfahrung hat ihn hart werden lassen und er toleriert keine Schwäche", Aaron sah wirklich besorgt aus.

„Warum erzählst du mir das?"
„Weil ich deine Haltung deinen richtigen Eltern gegenüber kenne und ich nicht will, dass du zu viel von ihm erwartest", er nahm mich vorsichtig an den Schultern und wartete auf meine Reaktion. Ich brauchte länger, als mir lieb war, diese Sätze zu kombinieren.

„Willst du mir damit sagen, dass J mein Vater ist?"
Er nickte.

„Aber das sind ... gute Neuigkeiten!" Je mehr ich darüber nachdachte, desto mehr war ich davon überzeugt.

„All die Dinge, die er getan hat – nur um mich zu finden. Das muss doch heißen, dass er mich liebt und das ist mehr, als ich mir je von meinen Eltern erwartet habe. Ich habe mir immer gedacht, dass ich absichtlich verlassen wurde, aber wenn es stimmt, was du sagst, dann…", ich konnte den Satz nicht fertigstellen.
Ich hätte am liebsten gelacht vor Freude. Ich würde nicht nur meinen Vater treffen, sondern ich würde ihn treffen, weil er mich gesucht hatte. Doch ich tat es trotz des angenehmen Glücksgefühls nicht. Dass Aaron ihn auch als Vater bezeichnet hatte, konnte nur bedeuten, dass seine Eltern wirklich tot waren, wie er mir damals erzählt hatte. Falls er verletzt war, ließ er sich nichts anmerken.
„Es stimmt. Also, wenn du dann soweit bist?", er stieg aus und ging zügig auf einen Bahnübergang zu.
Schnell sprang ich aus dem Auto und rannte ihm hinterher. Ich dachte daran mich zu entschuldigen, doch etwas in mir sagte: Wofür? Dafür, dass du dich freust deinen Vater kennenzulernen? Das war ehrlich gesagt nichts, wofür man sich entschuldigt, also ließ ich es bleiben und auch Aaron schien nicht auf Smalltalk aus zu sein.
Hinter dem Bahnübergang waren nur mehr wenige Häuser und alle bis auf eines waren gut erhalten. Natürlich ging Aaron auf das zu, bei dem der weiße Lack schon von den Paneelen blätterte und das metallene Dach, welches sich über die Veranda vor dem Haus spannte, rostete. Eines der Fenster war eingeschlagen. Zuerst kam mir das alles sehr verdächtig vor – es sah nicht so aus, als würde hier jemand wohnen. Da fiel mir wieder ein, dass Aaron erzählt hatte, er und J würden von den Leuten, für die auch Thomas gearbeitet hatte, gesucht werden. Und warum sollte er mich in eine Falle locken? Ich traute ihm irgendwie, obwohl er ja nicht sehr ehrlich gewesen war. Eigentlich gar nicht. Nie! Ich vertraute ihm trotzdem.

Das Haus selbst war zwar nicht direkt dreckig, doch das Sonnenlicht, das durch die Fenster in die Räume fiel, schien dank dem vielen Staub die Luft glitzern zu lassen. Auch hier blätterte überall Farbe ab und es gab keine Türen mehr. Daher sah ich am anderen Ende des Hauses, in einem dieser Glitzerstrahlen die Silhouette eines Mannes, der auf einem Barhocker saß und Gitarre spielte.

„Another one bites the dust", meine Stimme war nur ein Hauch, ein richtig leises Wispern, doch sofort hörte der Mann auf zu spielen.

„Aaron. Endlich – was hat so lange gedauert?" J – ich nahm an es war J – klang nicht gerade freundlich.
Mit einem Schlag wurde ich unglaublich nervös. Hatten wir etwas falsch gemacht? Was, wenn er mich nicht mögen wird? Warum war Aaron nur nicht schneller gefahren? Wie sollte ich ihn nennen? Wie sollte ich mich verhalten?

„Wie ich dir gesagt hatte – wir wurden aufgehalten. Ich habe keine Lust, das noch einmal durchzukauen, J!" Aaron schien sofort wütend zu sein, als hätten sie solche Gespräche am laufenden Band.
Etwas von ihm zurückweichend, stellte ich mich in den Türrahmen, der in den Raum zu J führte. Dieser legte die Gitarre quer über den Barhocker und blieb mit dem Rücken zu mir stehen – zumindest nahm ich das an, denn außer seinem Schatten konnte ich nicht viel erkennen.

„Also, Robin…"

„Rebecca", rutschte es mir heraus. Die Spannung, die sich auf einmal im Raum ausbreitete, entlockte mir beinahe ein Wimmern.

„Robin", wiederholte er mit Nachdruck.

„Um es kurz zu machen, in deinem Herzen ist ein Datenträger. Wieso er da ist, spielt keine Rolle. Aber um deine Neugier zu befriedigen, sagen wir, er brauchte ein idiotensicheres Versteck.
Lass uns auch den Teil überspringen, in dem es darum geht, wie wir den Chirurgen überreden konnten, ihn dir einzupflanzen."

J fing an, vor mir auf und ab zu gehen, doch immer noch so, dass ich sein Gesicht nicht sehen konnte.
Aaron stand derweil gelangweilt mit dem Rücken zur Wand und rieb sich die Augen, als würde er gleich einschlafen.

„Langer Rede kurzer Sinn – ich will den Chip wiederhaben", J strich nun gedankenverloren über den Resonanzkörper der Gitarre.

„Ihr wollt mich aufschneiden?", wisperte ich, zu mehr war ich in meiner Schockstarre nicht in der Lage.

„Keine Sorge, J hat einen Chirurgen organisiert, der sich auf Herzoperationen und Patienten mit Herzproblemen spezialisiert hat. Er hat seine… Überzeugungskraft spielen lassen!" Ein ironisches Lächeln huschte über Aarons Gesicht. J nickte.

„Können wir mit dem Eingriff nicht einfach warten, bis ich wieder einmal neue Batterien für meinen Schrittmacher brauche?" Es waren schon die Eingriffe zum simplen Austauschen einer defekten Litium–Ionen-Batterie in einem Herzschrittmacher nicht ungefährlich. Abgesehen davon sind Herzoperationen an sich nicht unproblematisch, geschweige denn angenehm.

„Nein! Der Chip kommt jetzt raus, keine Diskussion!" Ich war von dem erbarmungslosen und kalten Klang seiner Stimme so geschockt, dass ich keinen Ton herausbrachte.

„J, ich geh mir mal schnell die Kontaktlinsen rausnehmen", meldete Aaron nach weiterem Augenreiben.
Mein oberflächiges Teenie-Hirn jammerte bei dem Gedanken, dass seine wunderschönen Augen nicht echt sein könnten. Zu spät realisierte es aber, dass ich nun alleine mit J war. Sofort brach die unterdrückte Nervosität wieder durch und ich fing etwas zu zittern an. Immer noch seine Gitarre streichelnd, richtete er das Wort wieder an mich.

„Weißt du, Aaron war jetzt so lange fort – und außerdem reagiert er immer etwas… pathetisch auf diese Art von Planänderung", er seufzte schwer und ganz plötzlich wurde mir schlecht. Etwas lief gewaltig aus dem Ruder.

„Der vorhin genannte Chirurg hat Gewissensbisse bekommen – das war zumindest seine Aussage. Ich vermute ja eher meinen Bruder Davy dahinter. Vermutlich tat der das mit den besten Absichten – dich, seine Nichte, zu schützen", J brachte das Holz bei dem Worte Nichte zum Quietschen.

Mir war nicht klar, wie ich den verrückten Onkel, von dem Aaron mir erzählt hatte, in Verbindung zu einem Mann bringen sollte, der mich beschützen wollte oder gar von mir wusste, doch ich wollte auf keinen Fall nachfragen. Es war, als wäre er mit seinen Augen, die er im Schatten versteckt hielt, in meinen Geist eingedrungen und brachte ihn zum Stillstand.

„Doch dieser Schuss ging nach hinten los, denn ich war damals Sanitäter bei der Army." Ich bemerkte erst, dass ich mich von ihm wegbewegt hatte, als ich mit dem Rücken gegen eine Wand stieß. Mein Atem ging zitternd und viel zu schnell. Es schien, als würde ich aus einer Trance aufwachen und endlich realisieren, dass das nicht das schöne Wiedersehen werden würde, das ich mir vorgestellt hatte.

Ich wusste, was nun kommen würde und ich ertappte mich dabei, wie ich betete, es möge anders kommen.

„Ich weiß, wo man Menschen aufschneidet. Nur leider nicht, wie man sie wieder ordnungsgemäß zunäht", J atmete schwer aus, als ob ihn das wirklich belasten würde. Doch ein kleines Zucken seiner Mundwinkel verriet, dass er den Gedanken irgendwie amüsant fand.

Keine Ahnung weshalb, doch auf einmal war die Angst weg und ich rannte! Aber leider half es nicht.

J erwischte mich im Flur an den Haaren. Ich kreischte – vor Schmerz und Wut – und schlug ihm mit der Seite meiner Hand in die Kehle und mit einem Bein gegen sein Knie. Aber das hielt ihn leider kaum auf, bevor er nach meiner Hand griff. J erwischte meine Finger und drehte an ihnen meinen Arm in eine völlig falsche Position. Selbst mein Schrei schien das Brechen meiner Knochen nicht zu übertönen. Er legte seinen freien Arm um meine Schultern, doch diese zusätzliche Schutzmaßnahme wäre nicht nötig gewesen.

Der explodierende Schmerz, den J durch das ständige Zusammendrücken meiner geschundenen Finger immer wieder aufs Neue aufleben ließ, nahm mir die Fähigkeit, mich zu konzentrieren.

„Wenn du auf menschliche Vaterliebe plädieren willst, dann bist du unglaublich naiv! Ein Vater, dem sein Kind fremd ist, hat kein Problem damit, es zu töten. Wie bei Ödipus!", zischte er mir ins Ohr.

Doch zu diesem Zeitpunkt hielt mich nur noch mein Überlebensinstinkt aufrecht. Daher bekam ich Aarons Eintreten nicht hundertprozentig mit.

„Ja – aber es war Ödipus, der seinen Vater umbrachte, nicht umgekehrt."

Der Knall des Schusses drang unbarmherzig zu mir durch und der schwarze Schleier, der sich über meine Augen zu legen begonnen hatte, war mit einem Schlag weg. Aaron tauchte stattdessen verschwommen in meinem Blickfeld auf. Er steckte etwas Schwarzes, Metallisches in die Innenseite seiner Jacke und griff nach meinem heilen Arm. Erst jetzt kam mir in den Sinn, dass J's Gesicht verschwunden war. Als Aaron mich fortzog, sah ich nicht zurück. Ich bekam nicht mit, wie er mich über die Bahngleise zerrte, in den Wagen platzierte und wegfuhr.

Mich beherrschte der verkrüppelte Anblick meiner Finger. Sie sahen fast so aus, als hätte ich sie halb zur Faust geschlossen – nur in die falsche Richtung.

„Becca", mein Spitzname; mein falscher Spitzname, ließ mich aufhorchen.

„Becca, schau nicht hin. Becca – schau her, schau mich an!" Ruckartig hob ich den Kopf, erst jetzt hörte ich mein eigenes jammervolles Wimmern.

Aaron sah immer nur so lange auf die Straße, dass ich nicht wieder auf meine Finger starren konnte. Sonst galt seine ganze Aufmerksamkeit mir.

„Dein Zeige-, Mittel- und Ringfinger ist gebrochen. Deine Bänder nahe des Ellbogens vermutlich beleidigt, aber nicht schwer verletzt. Du hast irrsinnige Schmerzen, die aber in ein paar Minuten nur mehr sehr dumpf nachhallen werden. Deshalb muss ich dich jetzt fragen: Ich kann und muss die Knochen richten. Nur soll ich das jetzt machen, oder wenn der Schmerz weg ist?"
Mein Gehirn erfasste die Worte, nur zu mehr war es nicht in der Lage. Ich konnte nur an den Anblick meiner Finger denken.

„Sag du… ich kann nicht…", meine tränenschwere Stimme trieb mich zur Verzweiflung.
Ich weinte sonst nie. Dieses Gefühl war bestenfalls mit ekelhaft zu beschreiben. Ich hatte keine Kontrolle über mein Gesicht, es war feucht und aufgequollen, wie das eines schreienden Kleinkinds. Einfach ekelhaft!
Aaron bog auf den Parkplatz eines kleinen Lebensmittelladens. Er war ganz verlassen, trotzdem parkte er neben einem Gebüsch, das von der Straße aus die Sicht auf uns nahm.

„Darf ich?", murmelte er und lehnte sich über mich, um im Handschuhfach zu kramen.
Ich lehnte mich so weit wie möglich in meinen Sitz zurück und wusste nicht, wohin mit Händen und Augen. Als Aaron wieder auftauchte, war er leicht rot geworden und hielt eine Packung Taschentücher in der einen Hand und einen Erste-Hilfe-Koffer in der anderen.

„Beiß da rein und schau aus dem Seitenfenster", vorsichtig und ausgesprochen zärtlich nahm er meine Hand.
Aber danach war es aus mit der Zärtlichkeit. Hätte ich nicht die Taschentücher gehabt, hätten meine Schreie sogar den alten Mann aus der Bibliothek erreicht. Mein Magen rebellierte wegen dem erneuten Schmerz, unkontrollierbar flossen Tränen über mein Gesicht und am

liebsten hätte ich meinen Kopf durch die Scheibe geschlagen.
Als Aaron fertig war, konnte ich gerade noch die Tür öffnen, um mich in die Büsche zu übergeben. Wie von Ferne nahm ich dabei eine Hand auf meinem Rücken und eine auf meinem Kopf wahr.
Aufgewühlt und verschwitzt sank ich in den Sitz zurück, Aarons besorgte Blicke ignorierend.

„Mir geht's gut", wisperte ich matt.

„Gut, denn wir müssen weiter", er startete den Motor und fuhr auf die Straße zurück.

„Ich will nach Hause", egal in welcher Lebenslage, dieser Satz verlor nie seinen kindlichen Klang.

„Da müssen wir auch hin. Gib mir die Adresse", jede Freundlichkeit war aus seiner Stimme verschwunden.
Sein Gesichtsausdruck bitter, starrte Aaron kalt geradeaus. Plötzlich kam mir mein verheultes Gesicht noch mädchenhafter vor und mit meinen Ärmeln trocknete ich schnell meine Wangen. Wieder einmal wünschte ich mir, richtig fluchen zu können. Für meine Schwäche hätte ich mir die übelsten Wörter an den Kopf geworfen.

„Die Adresse, Rebecca!"
Und für meine Vergesslichkeit. Hastig sagte ich sie ihm an, er nickte und riss – schwungvoller und halsbrecherischer als nötig – den Wagen herum. Die Fliehkraft drückte mich unbarmherzig gegen meine verletzte Hand, ich holte ruckartig Luft um mich vor dem Schmerz zu wappnen, doch er kam nicht.
Als wir wieder geradeaus fuhren, sah ich erst, dass Aaron meine Finger mit Stiften, den Taschentüchern und einer Mullbinde so gut wie möglich geschient hatte.

„Willst du nicht irgendetwas wissen? Hat denn die vergangene Stunde keine Fragen aufgeworfen?", presste Aaron zwischen den Zähnen hervor.
Seine Aggression erschreckte mich.

„Was ist los?" Wie unklug es von mir war, diese Frage zu stellen, wurde mir erst zu spät klar.

„Was los ist!? Ich habe meinem Vater ins Knie geschossen, um ein Mädchen zu retten, das er umbringen wollte – die so nebenbei bemerkt seine Tochter ist – und musste dabei feststellen, dass er vollkommen verrückt geworden ist! Er ist jetzt auf einer Stufe des Wahnsinns und der Paranoia angelangt, von der ich ihn nicht wieder runter kriege! Das heißt, dass er in seiner Mission, den Terror zu besiegen, fanatisch geworden ist. Und jeder Fanatiker geht früher oder später drauf! Weißt du, wie es ist, wenn ein Elternteil jeden Tag einfach so sterben könnte?", Aaron hatte gebrüllt vor Wut und ich war kurz davor, aus Angst und Frust wieder zu weinen. Es wurde gerade einfach alles zu viel.

„Meine Mutter leidet an Multipler Sklerose", selbst meine Stimme zitterte.

Für einen Moment schien ich ihm den Wind aus den Segeln genommen zu haben. Ich wandte mich von ihm ab, um die neuen Tränen zu verbergen.

„Kann man bei dir nicht ein einziges Thema anschneiden, ohne total ins Fettnäpfchen zu treten?", seine Stimme war immer noch laut genug, um mich zusammenzucken zu lassen, doch es schwang auch etwas Verlegenes mit.

„Korrigier mich, wenn ich falsch liege, aber mein Vater heißt gar nicht Finn, sondern Davy? Und sein Bruder, Onkel Zacharia ist gar nicht tot, sondern lebt in Windsor und nennt sich J?", fragte ich, um mich abzulenken.

„J steht für Jordan und er ist dein…"

„Mein Onkel, richtig." Ich atmete tief durch: „Aber Finn und Fae Gardner sind meine Eltern. Weißt du was, dabei bleib ich. So war es und so wird es bleiben", ich klammerte mich an diese Worte, denn sie waren das Einzige, was im Moment sicher war. Wir schwiegen eine Weile und ich versuchte alle neuen Informationen zu verknüpfen, als mir ein paar Ungereimtheiten auffielen.

„Aaron…"

„Ja?"

„Der einzige Platz, wo man einen Chip bei einem Herzschrittmacher verstecken kann, ist hinter der Litium-Ionen-Batterie. Die wäre wirklich ideal, wenn man so darüber nachdenkt."

„Ja?"

„Aber meine erste war fehlerhaft und musste ausgetauscht werden. Und da hätten die Ärzte die Speicherkarte doch entdeckt, oder?"

Seine Stirn legte sich in Falten.

„Also hast du ihn entweder gar nicht mehr, weil er weggeworfen wurde, oder deine Eltern haben ihn", kombinierte Aaron gedankenverloren. Dann griff er in seine Jackentasche und zog ein Handy hervor.

„Ruf deine Mom an!"

Ich riss ihm das Telefon mit beinahe kindischer Hektik aus der Hand und wählte mit links so schnell ich konnte. Nach drei endlosen Signaltönen, in denen ich mir Schrecklichstes ausmalte, hob meine Mom ab.

„Fae Gardner?"

„Mom! Geht's dir gut? Wo ist Dad?"

„Becca! Ist etwas passiert?", sie klang besorgt – wie meistens.

„Mama, Zac hat mich gefunden und auch diese Terroristen wissen, wer ich bin. Und ich weiß von dem Datenträger", ich hielt die Tränen zurück, die sich wieder in mir anbahnten.

„Rebecca, du kommst sofort nach Hause. Ich werde Finn anrufen und sobald du hier bist, sehen wir weiter. Schatz, hast du mich verstanden?"

„Nein, Mom, du musst sofort von Zuhause weg! Einer der Terroristen hat sich als Lehrer an der Schule ausgegeben, vermutlich wissen die jetzt, wo wir wohnen!" Der Gedanke, dass diese zweifellos brutalen Männer bei uns einbrechen und meiner Mom wer weiß was antaten, ließ mich beinahe total ausrasten. Sie schwieg kurz und Aaron nütze die Pause.

„Frag nach dem Chip!"

„Wo ist der Datenträger, Mom?"

Ich hörte sie am anderen Ende der Leitung schwer seufzen.

„Bei deiner Mutter, Becca."

Mein Blut gefror augenblicklich in meinen Adern und das Handy entglitt mir. Aaron fing es auf und hörte zu, was immer meine Mom ihm noch erzählte.

Auch, wenn ich immer gewusst hatte, dass Fae Gardner nicht meine leibliche Mutter war, war es für mich nach den heutigen Ereignissen der schmerzhafteste Verrat, dass sie ihren wohlverdienten Titel auf eine andere übertrug, die bei meinem Glück noch meinem „Vater" gleichkam.

„Becca? Komm, gehen wir was essen."

Eine eiskalte Hand hatte sich um mein Herz geschlossen und die verschwand auch nicht, als ich mir beim Aussteigen die Sonne ins Gesicht scheinen ließ und frische Luft atmen konnte.

Schweigend gingen Aaron und ich in einen kleinen Diner und er bestellte uns irgendetwas zum Mittagessen. Ich weiß nur, dass wir es nicht aßen, denn keine fünf Minuten später sah man mein brennendes Elternhaus auf dem Fernsehbildschirm in dem Diner.

Anstatt zu verschwimmen, wie es gewesen war, als Professor Thomas seine Pistole auf mich gerichtet hatte, wurde diesmal alles intensiver und deutlicher. Ich konnte den Horror in den Spiegelungen des Bildschirms sehen! Ich konnte die genauen Bruchstellen meiner Finger lokalisieren, doch als ich aufsprang, spürte ich trotzdem nicht, wie sie hart gegen die Lehne der Bank schlugen. Ich wankte einen Schritt auf das Horrorszenario zu, doch kaum hatte ich meinen Fuß aufgesetzt, umfingen mich Aarons Arme und er zog mich nach draußen. Meine Anstalten, protestierend zu schreien, erstickte er mit seiner Hand.

Ich versuchte mich loszumachen, doch seine Arme waren so stark wie die Seile, die man zum Vertäuen von Fähren verwendete. Beinahe brutal stieß er mich auf den Beifahrersitz und stieg schnell auf der anderen Seite ein.

„Was ist los mit dir?! Jemand hat mein Haus angezündet, ich muss genau wissen, was passiert ist, also lass mich wieder rein!" Als ich Aron noch anschrie, kam mir ein Gedanke, der mir mein Herz herauszureißen schien.

„Meine Mom ist da drin! Ich habe gerade noch mit ihr gesprochen – sie ist da noch drin!!"

Diese Worte schreiend rüttelte ich an der Tür, doch sie ging nicht auf. Panik und Sorge schienen wie siedend heißes Wasser über meinen ganzen Körper zu fließen und mich zu verbrennen.

Gerade, als die Tür endlich aufsprang, bekam ich einen harten Schlag gegen den Hinterkopf und alles um mich herum wurde schwarz.

Vor 14 Jahren

Als die Assistenzärztin ihn heute das erste Mal mit Mr Gardner angesprochen hatte, hatte er beinahe nicht reagiert. Es fiel zum Glück nicht auf, da er von dem Unfall eine schwere Kopfverletzung davongetragen hatte.
Mr Finn Gardner – nein, daran würde er sich nie gewöhnen. Er hatte Angst, dass ihn dieser Name verändern würde, doch gleichzeitig wusste er nicht, ob das nicht vielleicht das Beste für alle wäre. Wenn er sich ändern würde. Und all die grausamen Dinge, die er unweigerlich getan hatte, mit seiner Vergangenheit in Norfolk lassen könnte.
„Finn?"
Er drehte den Kopf zur Seite und sah dort seine Frau. Unbeschreibliche Erleichterung erfüllte ihn und auf ihrem Gesicht spiegelte sich diese ebenso. Mit schnellen Schritten kam sie zu ihm und schlang die Arme um seinen Hals.
Sie brauchten keine Worte, manchmal hatte Finn das Gefühl, sie wären sogar völlig überflüssig. So wie in diesem Moment, wo alles, was zählte, war, dass sie beide noch lebten. Langsam, fast widerstrebend, löste Fae sich von ihm und er konnte ihr Gesicht von Nahem sehen. Wie dünn sie geworden war! Er war doch nur zwei Monate nicht bei ihr gewesen.
„Wo wohnen wir jetzt?", sanft fuhr er mit seinen Fingerspitzen über ihre eingefallenen Wangen.
„In einem kleinen Haus in Norfolk. Appomattox Street. Es ist nicht so groß wie das Haus deiner Eltern, aber für drei Leute reicht es", sie lächelte unsicher.
Er konnte sie verstehen – das alles war keine kleine Veränderung.
„Wie geht's ihr?"
„Gut. Sie hat die OP ohne Probleme hinter sich gebracht und schläft noch. Willst du sie sehen?"

Finn nickte und gemeinsam gingen sie zur Kinderkrankenstation. Während Fae sich mit einem der Ärzte unterhielt, ging Finn langsam auf die Glaswand zu, hinter der er das kleine Mädchen sehen konnte.

Sie war selbst für ihre zwei Jahre noch ungewöhnlich zart und es schmerzte ihn, sie an so vielen Schläuchen und Geräten angeschlossen zu sehen. Es sah fast so aus, als würden Schlangen sie bedecken und erwürgen. Und er hatte sie dahin gebracht.

Es quälte ihn so sehr, dass es ihm die Luftröhre zuzudrücken schien.

Sie würde ein Leben lang leiden, nur weil er von der Brücke gefahren war.

Er stützte sich am Glas ab, jedoch ohne die Kleine aus den Augen zu lassen.

"Es ist Schein, dachte er, *dass sie so friedlich aussieht. Sie hat keine Ahnung, dass ich absichtlich ihr Leben aufs Spiel gesetzt habe."*

Er bemerkte kaum, dass er die folgenden Worte halblaut aussprach.

„Ich werde niemals zulassen, dass dir je wieder etwas passiert!"

Kapitel 9

„Was ist passiert?"
Mein Schädel pochte, was meinem Erinnerungsvermögen nicht gerade half.

„Ich musste dich ruhigstellen", Jer… Aarons Stimme, verstärkte den Schmerz kurzzeitig.
Bevor ich antwortete, versuchte ich, die sich drehende Landschaft stehenbleiben zu lassen. Erst nachdem mir das gelang, erfasste mein Hirn die Bedeutung seiner Worte.

„Du hast mich k.o. geschlagen? Sag mal, bist du noch ganz dicht?"

„Ich hab nur getan, was ich tun musste."

„Das ist der abgedroschenste Satz in der Geschichte der Menschheit!" Meine Wut wurde nur von meinem Erstaunen für seine arrogante Selbstsicherheit übertroffen.
Aaron sah stur geradeaus und schien sich nicht wirklich für mich oder für meine Worte zu interessieren. Ich fixierte ihn noch eine Weile, bevor ich genervt aufstöhnte und zum Fenster hinaus sah. Da fiel mir erst auf, dass dies keine Straße nach Baltimore war.

„Wohin fahren wir?"

„Nach Norfolk", seine Stimme klang monoton und gelangweilt, als hätte ich ihn etwas total Offensichtliches gefragt. Das regte mich irgendwie noch mehr auf.

„Und wieso fahren wir nach Norfolk?" Ich versuchte meinen Drang zu schreien zu unterdrücken.

„Deine Mom hat gesagt, dass deine Mom – also deine richtige – den Datenträger hat."
Aaron schien auf einmal völlig in Gedanken versunken zu sein und vergessen zu haben, dass ich mit dieser Information nicht viel anfangen konnte.

„Und die lebt in Norfolk?", fragte ich weiter.

„Nein, natürlich nicht. Aber sie sagte, ihr hättet dort gelebt und als ihr nach Baltimore gezogen seid, ist eine Umzugskiste verloren gegangen. Blöderweise war in dieser Kiste ein Hinweis auf den Aufenthaltsort deiner Mutter, doch sie meinte, dass sie vielleicht die jetzigen Hausbewohner hätten. Deswegen fahren wir nach Norfolk", schon wieder gab mir der Tonfall in seiner Stimme das Gefühl, dumm zu sein. Leider fiel mir keine schlagfertige Antwort ein, durch die ich mich besser gefühlt hätte, also ließ ich es frustriert bleiben.

„Könnten wir wenigstens was zu essen besorgen?"

„Das ist jetzt aber nicht dein Ernst. J könnte schon an uns dran sein, wir haben keine Zeit zu verlieren", seine Stimme hatte die oberste Grenze hörbarer Arroganz zwar nur haarscharf überschritten, doch ich explodierte.

„Du hast J ins Bein geschossen und seinen Wagen geklaut. Selbst wenn er so ein harter, durchgeknallter Psycho-Soldat ist…"

„Pass auf was du sagst!", brüllte Aaron, doch ich ließ mich nicht einschüchtern.

„…wird ihn das eine Weile aufhalten. Also haben wir Zeit zu tanken, was zu essen und mir die beschissenen Haare abzuschneiden. Und selbst wenn er schneller ist, woher soll er wissen, wohin wir fahren?"

„Er kann das Auto orten!", fuhr Aaron mich an.

„Das hab ich mir schon gedacht – deshalb werden wir, am besten bei der nächsten Gelegenheit – das Auto wechseln. Aber vergiss nicht unser Kennzeichen und die Papiere dieses Autos mitzunehmen, zumindest bis zum nächsten Stopp, sonst erwischt uns noch die Polizei und das wäre wirklich blöd."

Etwa bei dem Teil mit den Schildern war Aarons Zornesmaske gefallen und einem ungläubigen Gesichtsausdruck gewichen. Aber er hatte nur eine Frage.

„Warum willst du dir die Haare schneiden?"

Vielleicht war es, weil er so verwirrt dreinsah. Vielleicht, weil die ganze Situation so obskur und unrealistisch schien. Doch ich prustete los und kriegte mich fast nicht mehr ein. Zu meiner Überraschung sah ich Aaron lächeln.

„Kameras, mein Freund. Ich bin mir sicher, dass die, die hinter uns her sind, sich die Aufnahmen von Raststätten und Motels ansehen werden und wenn die uns schon sehen, müssen sie uns doch nicht auf den ersten Blick erkennen." Ich legte meine Fingerspitzen aneinander, was mit den provisorisch geschienten Fingern gar nicht so einfach war.

„Das ergibt Sinn. Im Handschuhfach liegt eine Schere für Linkshänder. Wir sind in zwanzig Minuten in Norfolk, glaubst du, du kriegst das hin?"
Ich nickte und machte mich an die Arbeit. Zuerst wollte ich einfach drauflos schneiden, doch dann fiel mir ein, dass man lange Haare verkaufen konnte, und ich wollte sie auf der Höhe meines Kehlkopfs abschneiden. Vorsichtig, um meine gebrochenen Finger nicht zu bewegen, streifte ich einen Haargummi von meinem Handgelenk und band es um das dicke Bündel. Aaron schien zu erraten, wieso ich das machte und nickte zustimmend. Dann beugte ich meinen Kopf nach vorn und kürzte alle auf die Höhe meiner Ohren – oder was ich annahm, dass es auf Höhe meiner Ohren war, kopfüber war das nicht so einfach. Das Ergebnis war wie ich es erwartet hatte: die vorderen Partien hingen mir nicht mehr unpraktisch ins Gesicht und die hinteren waren trotzdem nicht zu kurz. So gut es mir mit einer Linkshänderschere und in einem fahrenden Auto möglich war, schnitt ich die Haare am Hinterkopf noch so, dass die Längenunterschiede nicht zu komisch aussahen.
Das Endergebnis sah zwar nicht sehr modisch aus, doch es sah aus wie das Werk eines kreativen Friseurs und der ausgefranste Bob stand mir überraschender Weise auch nicht schlecht.

„Wie sehe ich aus?", ich wandte mich so gut wie möglich zu Aaron.

Der sah nur beiläufig her und sofort wieder auf die Straße.

„Gut. Weißt du was – ich glaube, wir werden uns schon vor dem Abendessen ein neues Auto besorgen müssen", mit diesen Worten bog er auf einen Rastplatz ein.

Die Details, wie Aaron das Auto klaute, waren eigentlich ziemlich langweilig, man konnte das in jedem billigen Actionfilm sehen. Nachdem er sich versichert hatte, dass dies mehr oder weniger nur ein großer Parkplatz war, der nicht überwacht wurde, vertauschte er die Kennzeichen und nahm die Papiere von J's Wagen mit.

„Wieso nochmal das Ganze mit den Zulassungsscheinen et cetera?", er warf sie mir in den Schoß, kaum als ich mich hingesetzt hatte.

„Weil da drin unser Kennzeichen steht. Wenn die Polizei unser Auto öffnet und keine Papiere findet, wissen sie nicht, nach welchem Kennzeichen sie suchen müssen. Da müssten sie erst die Motornummer ablesen und dann die zuständigen Behörden fragen, wem es gehört und bis dahin sind wir schon lange weg oder haben ein neues Auto", dieser Gedankengang hob meine Lebensgeister wieder.

Doch vor meinem inneren Auge sah ich meinen Dad in seiner Uniform vor mir stehen und enttäuscht den Kopf schütteln.

"Du bist stolz auf dein kriminelles Gedankengut? Das ist nicht, wozu ich dich erzogen habe!"

Mein schlechtes Gewissen blieb, genauso wie die Stille zwischen mir und Aaron, bis wir Norfolk erreicht hatten. Wir parkten auf dem Platz vor einem Dollar General Store, Wieder holte Aaron sein Handy hervor und hielt es mir hin. Verwirrt nahm ich es und starrte ratlos auf die Tasten.

„Worauf wartest du? Ruf eine deiner alten Freundinnen von hier an, damit sie dir ihre Krankenversicherung leihen kann und deine Finger ordnungsgemäß wiederhergestellt werden!", er schien zu glauben, dass ich etwas verwirrt sei. Was ja auch stimmte.

„Ich habe hier keine Freundinnen", lautete meine wahrheitsgemäße Antwort.

„Aber du hast hier doch gelebt, bis du sechs warst. Irgendjemand wird dir schon einfallen", langsam wurde Aaron ungeduldig.

„Ich hatte hier nicht einmal im Kindergarten Freunde", sagte ich nur, fast gedankenverloren.
Frustriert fuhr er sich mit beiden Händen durch die Haare.

„Nun, ich nehme an, deine gehässige Art war schon damals nicht sehr ansprechend. Alles rächt sich irgendwann, denn jetzt hättest du von freundlichen und höflichen Manieren wirklich profitieren können", Aaron atmete geräuschvoll aus.
Ein bitteres, kurzes Lachen kam aus meinem Mund. Entgeistert sah er mich von der Seite an. Die Angst, ich hätte nun endgültig den Verstand verloren, stand ihm deutlich ins Gesicht geschrieben.

„Ich bitte um Verzeihung, du hast absolut Recht! Wie konnte ich es nur wagen, nicht freundlich zu meinen Mobbern gewesen zu sein?", mein folgender Lachanfall verstärkte den Eindruck, ich sei die Insassin einer Irrenanstalt. Beinahe wurde ich mir selbst unheimlich.

„Du bist gemobbt worden?"
Es war offensichtlich, dass ihm das unabsichtlich herausgeplatzt war. Aber auf einmal fühlte ich einen Zorn, den ich einfach nicht mehr zurückhalten konnte.

„Oh ja! Ich war der verbale Prügelknabe, die Witzfigur! Aus irgendeinem Grund kann mir das niemand glauben, wenn ich es erzähle und ich möchte nun endlich wissen, wieso!?"
Aaron sah jetzt wirklich schockiert aus und war offensichtlich sprachlos.

„Vor ein paar Tagen hast du mich kaltherzig genannt. Aber ein kleiner Tipp für deine Manieren: Lass niemals

erste Eindrücke und Vorurteile alles erklären. Ein kaltes Herz kommt nicht von nirgendwo her!"
Ich fühlte mein Blut vor Wut in meinen Kopf schießen und drehte mich weg.

„Aber du bist herzkrank. Das ist, als würde man ein Kind das Krebs hat, mobben – niemand tut das!" Er sah mich an, als hätte ich ihm offenbart, dass manche Menschen Tiere absichtlich quälen.

„Eine Herzkrankheit ist nichts, was man stolz in die Welt hinaus schreit", murmelte ich, als ich meinen Puls wieder sinken fühlte. Wieder trat Stille ein. Aaron brach sie.

„Weißt du was? Wir fahren morgen zu eurem Haus. Ich glaube, ich habe dir heute schon genug zugemutet."
Ich bemerkte kaum, wie er den Wagen verließ und in den Laden ging.
Meine Gedanken waren bei der Erwähnung unseres Hauses zu den Bildern von heute Nachmittag zurückgekehrt. Mein Elternhaus, verschlungen von einem Flammeninferno. Meine Versuche, jedes Detail der Inneneinrichtung in meinem Kopf auf eine imaginäre Leinwand zu bannen, schlugen fehl. Jetzt, wo ich nicht mehr die Möglichkeit hatte, mir unser Wohnzimmer oder mein eigenes Zimmer anzusehen, bedauerte ich, es früher nicht genauer getan zu haben. Sämtliche Gedanken an meine Eltern schob ich sofort beiseite. Ich wollte mir einfach nicht vorstellen, dass ihnen etwas zugestoßen sein könnte.
Gerade, als es immer schwerer wurde, nicht an sie zu denken, kam Aaron wieder, mit zwei Einkaufstaschen und kaum zu erkennen, dank seiner Kapuze. Ich erwartete, dass er einstieg, doch er öffnete nur den Kofferraum und holte zwei Rucksäcke heraus und winkte mich dann zu sich.

„Wir können das Auto nicht behalten. Einer der Kassiere sagt, am Hafen würden ein paar Lagerhallen leer stehen, für eine Übernachtung wird das reichen", er hatte das Zeug aus den Einkaufstaschen in die Rucksäcke gepackt und hing sich beide um.

„Ich nehme einen", ich griff mit der linken Hand nach dem Trageriemen, doch Aaron zog ihn weg.

„Du bist verletzt."

„Mir wurden die Finger gebrochen, nicht der Arm abgefackelt und jetzt gib her!" Ich rollte mit den Augen und riss einen Rucksack von seinem Rücken. Aaron zuckte nur mit den Schultern und ging voran.

Wir brauchten nicht lange, um den Hafen zu erreichen, doch als wir endlich einen geeigneten Unterschlupf fanden, war es schon dunkel. Es handelte sich hierbei um ein verlassenes Verwaltungsgebäude einer Ex- und Importfirma, von der ich noch nie gehört hatte.

Sie hatten es nicht für nötig gehalten, bei ihrer Auflösung die Türen abzusperren, sodass wir problemlos hineinkommen konnten.

Wir suchten uns einen Raum am Ende des Gebäudes aus, der nur ein Fenster besaß, das Richtung Fluss ging. Ich ging voran, während Aaron vorsichtig die Tür schloss. Pechschwarze Dunkelheit umfing mich sofort, bis sich meine Augen daran gewöhnt hatten und das schwache Licht, dass durch das Fenster drang, wahrnahm. Ein lautes Geräusch ließ mich zusammenfahren, doch es war nur Aaron, der das Bein eines hölzernen Stuhls abgebrochen hatte und nun versuchte, es zu entzünden. Wenige Minuten später saßen wir um eine improvisierte Fackel und starrten schweigend ins Feuer.

Ich hatte nie ein Problem mit Stille – es war eigentlich beunruhigend, wie sehr ich sie dem Geräusch sich unterhaltender Leute vorzog. Aaron war da offensichtlich nicht meiner Meinung.

„War das der Grund, dass du mich für einen Psychomacho gehalten hast? Jemand, der dich nicht kannte, ist auf dich zugekommen und hat dich verarscht?", er scharrte mit den Füßen verlegen im Staub.

Ich wanderte mit meinen Augen über die im Schatten liegenden Wände, während ich antwortete.

„Am Anfang meiner Schulzeit war ich zwar nicht übermäßig beliebt, doch ich kam gut klar. Dann musste ich innerhalb von Norfolk umziehen und in meiner neuen Nachbarschaft war eine neue Schule, die näher lag als meine alte. Ich kam dort hin, in der Annahme, genauso wie vorher weitermachen zu können und fand sogar schnell Freunde. Aber irgendwann schienen sie das Interesse an mir zu verlieren und ich hörte andere sagen, dass mich meine ‚Freunde' eigentlich hassen und über mich lästern würden. Also fing ich an, diesen Stimmen zu trauen. Doch meine alten Freunde redeten mir ein, dass auch die mich nicht ausstehen konnten und für drei Jahre schien dieser Teufelskreis kein Ende nehmen zu wollen. Also schottete ich mich ab, doch selbst dann war ich nicht vor ihren Hänseleien sicher. Meine Eltern bekamen es erst dann mit, als ich eines Tages unter der Belastung zusammenbrach – wortwörtlich. Ich wurde mit Blaulicht und von den Blicken meiner Peiniger verfolgt ins Krankenhaus gefahren und hatte meine zweite große Herzoperation, die ich nur knapp überlebte. Diese Leute haben sozusagen mein Herz gebrochen. Ich war nie wieder so gesund wie vor diesem Vorfall", schon zum dritten Mal an diesem Tag schlichen sich mir Tränen in die Augenwinkel, doch diesmal wischte ich sie aggressiv weg.

„Hast du sie verpetzt?", Aaron sprach vorsichtig, doch ich musste lachen. Nicht mehr so bitter, aber auch nicht direkt fröhlich.

„Ja. Eine unserer Vertrauenslehrerinnen hat mich so lange ausgequetscht, bis ich ihr alles anvertraut hatte. Sie kam mit denen, die am meisten involviert waren, ins Krankenhaus. Als sie sahen, was sie getan hatten und es von den Ärzten noch einmal beschrieben bekamen, fingen zwei an zu heulen und einer musste sich übergeben."
Der ganze Frust, der in dieser Erinnerung lag, kam wieder hoch. Ich erinnerte mich noch genau, wie sie lang-

sam, schuldbewusst zur Tür reinkamen, blass wie die Krankenhauswände und mich ansahen wie ein Autofahrer das kleine Tier, das er überfahren hatte.

Alle hatten sie diesen Blick, der vor Reue nur so triefte! Bis heute lockte mir der Gedanke daran Galle in die Speiseröhre.

„Diese Scheißkerle!", knurrte Aaron. Überrascht sah ich ihn an.

„Als hätten sie sich nicht denken können, dass dir das nicht gut tut. Als hätten sie nicht gewusst, was sie damit anrichteten." Meine Verblüffung steigerte sich ins Unermessliche und ich hörte mich selbst die mir verhassten Worte meiner Mutter sagen:

„Zumindest bereuen sie, was passiert war."

„Ist das dein Ernst?", Aaron sah mich mit bohrendem Blick an. Ich wandte mich ab.

„Nein."

Vor 14 Jahren

„Wir streiten schon seit Wochen. Sie kann einfach nicht verstehen, wieso wir das machen. Sie sieht das große Ganze nicht dahinter, das eben Opfer erfordert!" Zac rieb sich die Handgelenke, als hätte er gerade zu enge Fesseln abbekommen.
Davy, hörte schon länger nur mit halbem Ohr zu, doch der größte Teil seiner Aufmerksamkeit galt dem kleinen Jungen, der mit dem Hund der Nachbarin auf der Wiese mit einem Tennisball spielte. Ihm kam diese Ablenkung, die Hunde so mit sich bringen, sehr gelegen, denn ihm gingen die Möglichkeiten aus, das Kind zu unterhalten.

„Von welchen Opfern sprichst du genau?", wieder sah er seinen Bruder nicht an.

„Es ist etwas passiert, Davy", antwortete Zac nach längerem Zögern.
Erst jetzt hatte er seine volle Aufmerksamkeit.

„Gestern Nacht, als du mit dem Kleinen im Kino warst, hatten wir wieder einen lauten Streit. Sehr laut, dieses Mal. Alexis schrie, ich würde sie und die Kinder nur in Gefahr bringen, dass ich egoistisch sei, nur an meine Ziele und nicht an die Konsequenzen zu denken. Da ging die Haustüre auf und ich hatte die Pistole in der Hand, stellte mich vor Alexis und schoss. Es war halb elf Uhr abends, wie hätte ich wissen sollen…", er verlor sich in seinen eigenen Gedanken, doch Davy rüttelte ihn heftig.

„Wen hast du getroffen Zac?"
Zacs Blick traf seinen und erschrocken ließ er ihn los. Sie sahen so unglaublich leer aus, so… tot.

„Die Nachbarin, die immer Essen vorbeibringt, Elizabeth glaub ich, hieß sie."
Da war keine Reue in seinem Blick. Oder auch nur Verzweiflung wegen dem, was er getan hatte.
Da war nichts.

Mechanisch stand Davy auf und drehte sich zur Wiese. Deshalb war der Hund bei ihnen gewesen. Er wusste, was Alexis zu ihm gesagt hatte, doch erst jetzt wurde ihm klar, dass er seinen Bruder an den Wahnsinn verloren hatte.

„Aaron!", rief er und der kleine Junge lief zu ihm und griff mit seinen beiden kleinen seine große Hand.

„Wir müssen gehen. Hier ist nicht der Ort, um das zu besprechen!" So schnell, dass das Kind fast nicht mithalten konnte, ging Davy den Weg zurück und dann zurück zum Haus. Zac lief in seine eigenen Gedanken versunken hinter ihm her. Als sie ankamen, war alles ruhig.

„Alexis, wir sind zurück!", rief Zac, doch es gab keine Antwort. Er sah sich um und entdeckte einen Zettel und dem Sofatischchen, den er an sich riss und kurz darauf fallen ließ.

„Sie.. sie hat mich verlassen?", Zac sah ungläubig auf das Stück Papier zu seinen Füßen.

„Es tut mir leid, Bruder", murmelte Davy. Seit Tagen hatte er auf das Startsignal gewartet.
Jetzt war es gefallen. Das Spiel begann.

Kapitel 10

Seit unserem Besuch bei Mrs Rochester habe ich nie wieder Binokel gespielt. Als wir etwa bei der zehnten Runde, beim zwanzigsten Glas viel zu saurer Limonade (die gute Frau hatte Parkinson und schüttete dadurch immer mehr Zitronensaft in ihr selbstgemachtes Gebräu als nötig) und bei ihrem zweiten Ehemann angekommen waren, war ich mir sicher, dieses Spiel sei der Ursprung alles Bösen – oder aber eine frühneuzeitliche Foltermethode aus Europa.

Mrs Rochester war die aktuelle Bewohnerin des Hauses, in dem ich zwei Jahre meines Lebens verbracht hatte. Das Gebäude selbst passte mit der gelb lackierten Holzverkleidung und den weißen Fensterläden perfekt in die idyllische Straße, an deren Rand Kiefern und schöne Bäume mit pinken Blüten standen, die ich allerdings nicht benennen konnte.

Bei Mrs Rochester selbst handelte es sich um eine schlanke, hochgewachsene Frau mit langen, weißen Haaren und einem freundlichen Lächeln, die uns, sobald sie die Tür aufgerissen hatte, herein bat und erst danach die Fragen stellte. Nachdem wir ihr erklärt hatten, dass unsere Eltern früher hier gewohnt und beim Umzug eine Kiste verloren hatten, wurde sie noch offenherziger und lud uns auf ein Glas Limonade ein. Wie ich schon sagte, blieb es nicht bei einem. Sie überredete uns auch, mit ihr Binokel zu spielen und uns dabei zu erzählen, dass sie sich in den 70ern in einen jungen Punksänger namens Henry (mal ehrlich, ein Punk namens Henry?) verliebte und diesen entgegen dem Willen ihrer Eltern mit siebzehn heiratete, ehe er mit den Marines nach Vietnam zog und nie mehr nach Hause zurückkehrte.

So musste die jung verwitwete und obendrein schwangere Mrs Rochester einen Job in einem schäbigen Bahn-

hofscafé annehmen und – dank der hohen Mietpreise – trotz ihres Sohnes noch einen zweiten Job suchen.
Nachdem sie unzählige Hippies und Veteranen, die den Krieg nicht mit heilem Verstand überstanden hatten, getroffen hatte, begegnete sie einem jungen Mann, der sich zu dieser Zeit auf einen Flug in den Weltraum vorbereitete. Wieder verliebte sie sich und heiratete schnell und wie ihr erster Mann, kam auch Robert nicht wieder, doch dank des Ehevertrags, auf den ihr zweiter Mann bestanden hatte, hatte sie genug Geld, um ihren Sohn Alister auf ein College zu schicken, und ihn zu einem erfolgreichen Rechtsanwalt zu machen. Der wiederum nutzte sein hohes Einkommen, um seiner Mutter ein schönes Haus in Norfolk zu kaufen – wo sie die meiste Zeit alleine war.
Daher brachte ich es nicht übers Herz, sie allzu schnell wieder zu verlassen und auch Aaron schien von ihrer Geschichte gerührt zu sein und trank brav und ohne mit der Wimper zu zucken seine Limonade. Ich übertrug meine Ungeduld auf das Spiel und je mehr wir spielten, desto mehr wünschte ich mir, es nie wieder in die Hand nehmen zu müssen. Mrs Rochester schien allerdings zu merken, dass wir etwas nervös waren und erhob sich schließlich seufzend.

„Ich kann mich noch gut an ihren Vater erinnern, er hat mir beim Umzug sehr geholfen. Ein äußerst ehrenhafter Mann, ganz wie mein seliger Henry. Diese Kiste, nach der ihr gefragt habt (wir hatten einfach ins Blaue geraten, da wir nicht wussten, was wir suchten), ich habe sie leider erst später gefunden und konnte sie ihm nicht schicken, denn er hatte keine Adresse hinterlassen", sie kramte in einer kleinen Besenkammer herum und zog einen kleinen Schuhkarton hervor.
Aaron und ich tauschten zweifelhafte Blicke aus. Das sollte den Hinweis enthalten, den wir suchten?
Staub wirbelte auf, als Mrs Rochester über den Deckel blies und sie uns anschließend reichte. Kaum dass Aaron

die Schachtel in der Hand hielt, riss ich sie vor Erwartung ganz angespannt auf.
Es waren Fotos.
Meine Hoffnung kam etwas ins Wanken, doch stabilisierte sich schnell wieder, als ich auf dem ersten meine Mutter – also Fae – wiedererkannte. Es war in LA aufgenommen worden, sie und eine andere Frau mit tiefbraunen Locken standen lachend vor dem Santa Monica Pier.

„Das ist meine Mom", ich wusste selbst nicht, welche der beiden ich genau meinte.
Die andere Frau kam mir nicht bekannt vor, doch es handelte sich zweifelsohne um meine biologische Mutter. Es war komisch, dass ich nichts fühlte, als ich sie sah. Vermutlich, weil ich mich nicht an sie erinnern konnte.

Aber ich habe ihre Augen", schoss es mir durch den Kopf.

„Zacharia hat nie viel über seine Frau gesprochen, er sagte mir nur, sie hätte ihn verlassen und die Kinder mitgenommen. Es geht mich ja nichts an, doch – wenn Sie es noch nicht getan haben – denke ich, Sie sollten sich mit ihm in Verbindung setzen. Mein Alister würde alles dafür geben, seinen Vater kennenzulernen, doch nun ist er tot und hat nicht die Möglichkeit, das zu tun. Ich möchte nur nicht, dass Sie etwas bereuen", Mrs Rochester lächelte mich an, ihre Augen waren freundlich und warm. Meine gebrochenen Finger fingen an zu pochen, denn ich hatte erraten, wer Zacharia war.

„Vielen Dank für alles, Ma'am. Es hat uns sehr gefreut, sie kennenzulernen", Aaron schüttelte ihr mit einem charmanten Lächeln die Hand.
„Die Freude war ganz meinerseits, Mr Chase", falls Aaron so verwirrt war wie ich, ließ er es sich nicht anmerken.
Als wir wieder auf der Straße standen, winkten wir noch zum Abschied und gingen dann zügig Richtung Hafen.

„J heißt also in Wirklichkeit Zacharia Chase?", fragte ich, als wir außer Hörweite waren.

Aaron nickte.

„Also bin ich Robin Chase und du Aaron Chase?", mein Name fühlte sich so falsch in meinem Mund an, als hätte ich Seife auf der Zunge.

„Nein. Ich bin mir nicht sicher, welcher Zwilling du bist, weil J die Namen immer vertauschte. Du könntest auch Sascha sein, daher denke ich, wir sollten bei Rebecca bleiben. Und meine Eltern hießen Rabin." Ich konnte von der Seite sehen, wie sich seine Kiefermuskeln anspannten und seine Augen zu schmalen Schlitzen wurden.

„Es tut mir leid, das konnte ich nicht wissen!" Ich hob abwehrend die Arme, als Aaron mich an der Hand packte und auf eine andere Straße zerrte. Unglücklicherweise erwischte er meine gebrochenen Finger und ich konnte einen kurzen Schmerzensschrei nicht verhindern. Augenblicklich ließ er los.

„Sei still!", fuhr er mich an und ich schoss ihm den giftigsten Blick zu, den ich auf Lager hatte.

„Was machen wir in der Lunenbergstreet? Das geht in die falsche Richtung!"

Aaron ging zügig auf die andere Straßenseite, wo mehr Bäume und Sträucher standen.

„Ich bin mir nicht sicher, aber es ist ein Auto sehr langsam unsere Straße heraufgekommen. Fast so, als würde der Fahrer etwas suchen."

J's vor Wut zu einer grausigen Fratze verzogenes Gesicht tauchte in meinem Kopf auf und ich zitterte, obwohl es beinahe 25 Grad hatte. Kalter Schweiß rann mir den Rücken hinunter und ich ging automatisch schneller. Bei der nächsten Möglichkeit bog Aaron wieder links ab und wir gelangten in eine Sackgasse – für Autos jedenfalls. Eine Grünfläche, die vielleicht später noch bebaut werden würde, lag vor uns und er verlor keine Zeit sondern sprintete los zur gegenüberliegenden Straße. Ich warf noch einen Blick zurück, bevor ich ihm hinterherlief. Dort angekommen hatte Aaron eine NFL- Kappe aufgesetzt, steckte die Fotos in seinen Rucksack und ließ den Karton einfach auf der Straße stehen.

„Versteck deine rechte Hand in deiner Jackentasche und gib mir die andere", auffordernd hielt er mir seine hin. Ich ergriff sie und musste dabei an das letzte Mal denken, als er mich auf der Treppe aufgefangen hatte. Genau wie damals spürte ich Schmetterlinge in meinem Bauch, als wir uns berührten und kam mir im selben Moment unglaublich kindisch vor. Wir waren auf der Flucht, verdammt!

Zum Glück hatte Aaron uns gestern neue Kleidung besorgt. Meine Jean hielt zwar nur, weil ich mein T-Shirt von gestern zu einem Gürtel umfunktioniert hatte und das Hemd war so groß, dass es meine Narbe ohne Schal bedeckte, doch ich denke, die Outfits retteten uns das Leben. Denn als wir die Whitehead Avenue hinabliefen und uns schon in Sicherheit wägten, fuhr ein Wagen vorbei. Und in diesem blauen Chevy saß J.

Ich stand wie versteinert da, als ich ihn erkannte und konnte mich nicht bewegen. Aaron zog an meiner Hand, doch es half nichts, meine Füße wussten nicht mehr, wofür sie gemacht worden waren. Also änderte er die Taktik und umarmte mich. Zitternd drückte ich mein Gesicht in seine Schulter und wünschte, J würde schneller fahren.

„Ich tu so, als würde ich in das Haus da gehen und du winkst mir nach!", wisperte Aaron mir ins Ohr und ich nickte kaum merklich.

Zielstrebig ging er auf einen kleinen, blauen Bungalow zu, drehte sich nochmal um und wir winkten uns zu. J's Wagen bog wieder auf die Appomattox Street ein. Die Erleichterung ließ meine Knie weich werden und auch Aaron schien ein Stein vom Herzen zu fallen. Er fuhr sich noch einmal durch die blonden Haare, atmete tief durch und zusammen gingen wir Richtung Hafen, immer wieder Blicke zurückwerfend, denn ganz ließ uns die Angst nicht los.

Wir saßen etwa drei Tage in Norfolk fest, als mir endlich die Ungereimtheit auf den Fotos auffiel. Aaron war, wie immer in letzter Zeit, leicht reizbar und versprühte nicht wirklich ansteckende Freude. Auch meine Nerven lagen blank – erst gestern hatten wir J schon wieder vor dem Haus von Mrs Rochester gesehen. Er war in der Nähe und hatte das Auto anhand der Kennzeichen gefunden. Wir hatten also, selbst wenn wir herausfinden würden, wo sich meine biologische Mutter – die, wie ich mittlerweile wusste, Alexis hieß – aufhielt, keine *einfache* Möglichkeit, dorthin zu kommen.

Jetzt saßen wir in einer verlassenen Lagerhalle und konnten es nicht wagen, nach draußen zu gehen. Während Aaron unruhig auf und ab lief und regelmäßig aus einer unserer letzten Wasserflaschen trank, lehnte ich an einer Wand und beobachtete ihn mit halbgeschlossenen Augen. Schritt – Schritt – Schluck – Schritt – Schritt – Schluck Das ging schon eine Weile so.

Plötzlich wirbelte er herum und warf die Flasche mit solcher Wucht auf den Boden, dass man meinte, er wolle sie in das untere Stockwerk befördern. Ich reagierte gelassen – dieser Ausbruch kam keinesfalls überraschend, ich hatte es unter seiner Oberfläche brodeln sehen.

„Was haben wir übersehen?", brüllte er, wurde aber sofort wieder still, doch seine Schultern blieben angespannt. Mittlerweile wusste ich, dass es nichts half, irgendetwas zu sagen, also kniete ich mich nur hin und begann die Fotos, die am Boden verstreut lagen, erneut einzusammeln und durchzusehen.

Miami, Washington, New York, Seattle, Los Angeles, Austin, Philadelphia.

Eins fehlte, wie mir auffiel. Das Bild, das meine Mom und Alexis in Chicago aufgenommen hatten. Ein Blick durch den Raum zeigte mir, dass es sich unter Aarons Wasserflasche befand. Dieser zeterte übrigens immer noch vor sich hin. Meinen genervten Seitenblick quittierte er mit einem beleidigten „Was?".

Ich zuckte nur mit den Schultern und griff nach dem Foto. Zufälligerweise erwischte ich es an der von mir entfernten Seite, sodass die Flasche beim Runterrollen das Bild kurz vergrößerte.

„Aaron", hörte ich mich sagen.

„Hast du was gefunden?" Er hockte sich, wieder ganz gefangen, neben mich.

„Ich bin mir nicht sicher... Aber es ist schon ungewöhnlich, dass man in Chicago Kinder ausstellt, oder?" Aaron sah mich verständnislos an.

„Was?"
Ich reichte ihm das Foto und die Flasche.

„Die beiden stehen vor dem Navy Pier in Chicago, richtig?"

„Richtig."

„Und am Eingang ist ein Museum für Kinder, richtig?"

„Richtig."

„Dann müsste es aber Chicago Children's Museum heißen und nicht Chicago Children Museum, oder?" Verständnis blitzte in Aarons Augen auf und ein listiges Lächeln stahl sich auf seine Lippen.

„Du hast Recht – man sieht es schlecht, aber da fehlt definitiv ein s", er legte das Bild weg und nahm sich das nächste, um es genauer zu untersuchen. Nacheinander fanden wir auf Plakaten oder Straßenschildern überschüssige oder weggelassene Buchstaben, so unauffällig arrangiert, dass es Stunden dauerte, bis wir alle fanden. Nur auf einem fanden wir nichts. Sorgfältig schrieb ich alle an die Wand und als wir fertig waren, standen wir ratlos davor.

„Wir haben zweimal o, zweimal b, ein u, ein n und ein r. Aber wieso ist auf dem New York Foto nichts zu sehen?" Nachdenklich kratzte ich mich am Hinterkopf.

„War deine Mom Alkoholikerin?" Aaron sprach wie ein Toter und sah auch ein bisschen aus, wie ein Zombie.

„Was? Keine Ahnung, ich kenne sie nicht, weißt du noch? Warum denn?" Ich schnippte mit den Fingern vor seinem Gesicht herum, um seine Aufmerksamkeit zu erlangen. Langsam drehte er den Kopf zu mir.

„Weil das einzige sinnvolle Wort, das ich aus diesen Buchstaben herauskriege, Bourbon ist", erst jetzt löste er den Blick von der Wand und sah mich unverwandt an.

„Hieß so nicht ein französischer Prinz? Louis de Bourbon, oder so? Heißt das, wir müssen nach Frankreich?" Langsam verlor ich den Faden.

„Nein, das kann nicht sein!" Aaron schlug wütend gegen die Wand vor ihm, ließ die Hände dort liegen und blieb so erschöpft stehen. Auch in mir machte sich Verzweiflung breit. Niemals könnten wir es nach Frankreich schaffen! Nicht mit J und den Terroristen im Nacken.
Noch einmal nahm ich, wenn auch nur aus falscher Hoffnung, das New York Foto zur Hand. Es zeigte den Times Square so, wie ich ihn mit immer vorgestellt hatte – überfüllt und bunt. Eigentlich zwei Dinge, denen ich lieber aus dem Weg ging, aber dieser Ort wirkte irgendwie magisch anziehend auf mich. Ich versuchte mich wieder auf das Bild zu konzentrieren, ohne Reisepläne zu schmieden. Ich bemerkte nichts weiter, doch ich war auch noch nie in New York gewesen.

„Fällt dir irgendetwas auf?", Aarons Stimme klang schwach und müde.

„Nein, es ist ein ganz normales Bild vom Times Square – tausende Menschen, leuchtende Werbungen, zahlreiche Taxis und die beiden Avenues, die sich schneiden", ratlos zuckte ich mit den Schultern. Schneller, als ich regieren konnte, hatte er mir das Bild und die Flasche aus der Hand gerissen. Seine Niedergeschlagenheit war verschwunden und durch Aufregung ersetzt worden. Mit gierigem Blick schien er das Foto in sein Gehirn einzuscannen.

„Was ist denn?", ich konnte die Aufregung nicht nachvollziehen.

„Du hast recht, da sind Straßenschilder der 7th und 8th Avenue – aber Avenues schneiden sich nicht!" Triumphierend lachend sah er mich an.

„Aber die schneiden sich doch und das ist auch ganz sicher nicht Fotoshop, denn ich kenne viele Bilder vom Times Square!", noch verwirrter als vorher stützte ich die Hände in die Hüften und versuchte genauso zu begreifen wie Aaron.

„Das stimmt schon. Aber es sind die 7th Avenue und Broadway, die sich am Times Square schneiden und nicht die 8th Avenue", wieder lachte er und warf dabei übermütig den Kopf nach hinten.

„Also heißt das Wort Bourbon Broadway?"
Schlagartig hörte Aaron auf zu lachen und verfiel in eine Denkerpose: eine Hand in den Haaren, den Blick konzentriert auf das Bild gesenkt.

„Nein, das geht nicht. Es muss… Es hängt irgendwie mit den Straßen zusammen."

„Mit den Straßen? Aber… warte", plötzlich ging mir ein Licht auf.

„Street! Bourbon Street! Alexis ist in New Orleans!", ich klatschte vor Freude in die Hände, zu spät wurde mir klar, was für eine dumme Idee das war, doch meine Finger pochten schon wieder schmerzhaft. Aaron musste über mein schmerzverzogenes Gesicht lachen, was mich wiederum wütend machte. Ich schlug ihm mit dem linken Unterarm gegen die Brust. Er griff nach meinen Schultern, zog mich zu sich und lächelte auf mich herab.

„Du bist ein Genie."
Und dann beugte er sich zu mir und küsste mich! Zwar nur kurz, aber lang genug, um mein Hirn vollkommen auszuschalten. Das Einzige, woran ich dachte, war, dass ich mir nie hatte vorstellen können, dass er so sanft sein konnte.
Als er ein paar Schritte von mir weg ging, um unsere Rucksäcke zu packen, lächelte er still vor sich hin und ich

konnte förmlich fühlen, wie mein Hirn sich wieder aktivierte.

„Macht es dir Spaß, mich zu verarschen?"
Aarons Lächeln war wie weggewischt.
„Was?"
„Warum machst du sowas? Wir haben ganz andere Probleme, da kann ich mich nicht von dir ablenken lassen!", meine Arme rotierten so stark, dass ich das Gefühl hatte, bald abzuheben. Nur die in mir aufwallende Wut hielt mich am Boden. Oder war sie der Treibstoff? Oder war das gar nicht Wut, sondern Verlegenheit? Weil ich noch nie zuvor geküsst worden war? Oder war es Wut, die aus der Verlegenheit entsprang, eben weil ich noch nie geküsst worden war?

Und schon waren da die störenden Gedanken, die jedes Mädchen in solch einer Situation heimsuchen und bis zu 48 Stunden andauern konnten. Eigentlich sollte man zu jedem Kuss eine Warnung mitbekommen: „Zu Risiken und Nebenwirkungen lesen Sie die Packungsbeilage oder fragen Sie Ihren Arzt oder Apotheker!"

„Mir war nicht klar, dass du dich von mir ablenken lässt." Einer seiner Mundwinkel zog sich spöttisch hoch. Hätte man jetzt auf meinem Kopf ein Ei zerschlagen, hätte man innerhalb von Sekunden ein fixfertiges Spiegelei essen können. Und gleichzeitig hätte ich eine ausgefallene Ampel ersetzen können. Und eine Windmühle. Meine Arme fest an meinen Körper drückend, rang ich um die Kontrolle über meinen Körper und Aaron fing bei meinem Anblick an zu lachen. Er warf sich beide Rucksäcke über die Schultern, kam auf mich zu und gab mir einen Kuss auf die Wange. Jeder einzelne meiner Muskeln schien sich augenblicklich zu entspannen – was leider auch meine Kiefermuskulatur mit einbezog. Mein Mund stand weit offen und ich konnte meine Augen nicht von ihm nehmen.

„Wofür war das denn?", brachte ich hervor, etwas holprig und nicht so scharf, wie ich es gerne gehabt hätte. Aaron zuckte nur mit den Schultern, immer noch schief lächelnd.

„Ich hatte grad Lust drauf."

„Du hattest grad...! Du selbstverliebtes Arschloch!", zuerst stammelte ich, doch dann wurde ich wieder wütend und verfolgte Aaron, der lachend vor mir weglief. Doch ich spürte, dass diese Wut nicht echt war, es war so, wie wenn einem ein lustiger Streich gespielt wurde. Eine Mischung aus Entrüstung und Sympathie. Und eine ordentliche Prise Verlegenheit.

Aaron war mittlerweile schon vor dem Gebäude und ließ sich die Sonne ins Gesicht scheinen. Nach drei Tagen im Dämmerlicht ließ mich die Helligkeit kurzzeitig blind werden und ich hielt mir die Hand vor die Augen. Als mein Sehvermögen wieder auf den Plan trat, fiel mein Blick sofort auf Aaron. Er sah nun ruhig aus, das ließ seine ständig gerunzelte Stirn entspannen und lenkte nicht von seinem restlichen Gesicht ab. Erstaunt stellte ich fest, wie wenig ich bisher wirklich auf sein Äußeres geachtet hatte oder wie wenig ich davon wirklich erfasst hatte.

Seine Locken waren nicht blond sondern hellbraun und sie waren jetzt noch eine Spur länger als noch vor zwei Wochen. Sie passten sich perfekt an seine Gesichtszüge an, die nicht so markant waren, wie ich mir anfangs gedacht hatte. Eigentlich waren sie weder scharf, noch feminin, sondern genau richtig. Sein Nasenrücken beschrieb einen leichten Bogen, so schwach, dass es einem kaum auffiel, wenn man nicht genau hinsah. Nur seine Augen waren genauso, wie ich sie in Erinnerung hatte – seine äußeren Augenwinkel gingen etwas nach unten, was ihn immer nachdenklich erscheinen ließ und sie hatten diese ungewöhnliche Mischung aus braun, blau und grün. Augen, die mich direkt ansahen!

Natürlich änderte mein Gesicht sofort die Farbe, als ich erkannte, dass Aaron mich beim Starren erwischt hatte. Er sah mich nur forschend an, als wäre ich ein in einer Glasvitrine ausgestelltes Unikat.

„Dir gefällt, was du siehst?" Es war offensichtlich eine rhetorische Frage. Seine Hände in den Hosentaschen stand er vor mir und nahm mir die Sonne aus dem Gesicht. Es hätte fast romantisch sein können, wäre das nicht eine so narzisstische Frage gewesen! Und zum ersten Mal in seiner Anwesenheit blieb ich cool und spiegelte seine lässige Haltung.

„Mach dir nichts draus, du kannst ja nichts für deine Gene", mit dem beschwingenden Gefühl des Triumphes ging ich um ihn herum und ließ ihn wortwörtlich stehen.

„Amalia hat dir wirklich beigebracht, wie man einen dramatischen Abgang hinlegt, oder?"
Er wandte sich zu mir um, nur um mich versteinert vorzufinden. Aaron erfasste sofort die Lage und schob mich augenblicklich hinter sich und wurde so zu einem menschlichen Schutzschild. Eine nette Geste, die sich nichts brachte.

„Aaron, habe ich dir nicht beigebracht, dass man seinen alten Herren nicht warten lassen soll?" J stand vor uns und zielte mit einer Pistole auf uns. Seine Haare fingen ebenfalls auf kitschige Weise das Licht ein, doch der bedrohliche Schatten, der sich permanent über seine Augen gelegt hatte, nahm die Schönheit aus diesem Moment und verwandelte ihn in das Bild eines Horrorfilms.

„Du hast nicht angeklopft", presste Aaron zwischen den Zähnen hervor.

„Oh. Du hast Recht. Hm, mein Fehler. Das war nicht nett, mich nicht anzukündigen." Er kratzte sich mit schuldbewusster Miene mit dem Lauf seiner Waffe am Kopf. Da schien ihm plötzlich ein rettender Gedanke zu kommen, denn auf seinem Gesicht breitete sich ein wahnsinniges Lächeln aus, das sogar dem von Joker aus Batman Konkurrenz gemacht hätte.

„Aber es war auch nicht nett, mir eine Kugel ins Bein zu schießen. Was übrigens gegen eine meiner Regeln verstößt, Aaron. Es hat keinen Sinn, jemanden irgendwo anders als ins Herz oder den Kopf zu schießen, denn er wird sich nachher sicher nicht bedanken." J wedelte belehrend mit der Pistole vor Aarons Gesicht herum. Bei dem Gedanken, dass sich ein Schuss zufällig lösen könnte, wurde mir speiübel.
Doch J hatte jetzt anscheinend genug von den Psychospielchen und richtete die Waffe durch Aaron auf mich.
„Mir war klar, dass dir dieses Leben nicht passt, doch du hattest nun mal keine Wahl. Ich habe mein Bestes gegeben, um dir zu zeigen, dass du eine Pflicht übertragen bekommen hast, die dich sehr ehrt. Aber offensichtlich war es in deinen Augen eine Bürde, keine Ehre, die Welt vor dem Bösen zu retten. Du hast sogar deinen eigenen Vater angeschossen, für das Leben eines Mädchens, das du kaum kennst und nun sieh dich an! Zerlumpt und ohne Ziel – doch ich kann dieses Chaos beenden. Erinnere dich daran, wieso wir all diese Opfer bringen müssen! Tritt nur zwei Schritte nach rechts, damit ich endlich meinen Chip bekomme!"
Er war ruhig geblieben, jedoch auf eine Art, wie es auch im Auge des Sturms still ist. Es ist eine stille Bedrohung, auf die unweigerlich eine Katastrophe folgen musste!
Wir sollten nie erfahren, wie sich Aaron in dieser Sekunde entschied, denn gerade, als er den Mund aufmachte, schlitterten drei schwarze Vans mit quietschenden Reifen in unser Sichtfeld und blockierten jede Straße nach draußen. Es sprangen aus jedem Van fünf Männer, gekleidet in Jeans und T-Shirt und ausgestattet mit diversen Sorten von Maschinengewehren und zielten genau auf uns. Aaron und J reagierten gleichzeitig; beide schoben mich zurück ins Haus, während sie ihre Waffen zogen und Warnschüsse abgaben. Zumindest schoss Aaron nur in die Luft, bei J war ich mir da nicht so sicher.

„Hinten raus", zischte mir Aaron zu und wir liefen zurück zu unserer Wohnstätte der letzten Tage. J blieb uns dicht auf den Fersen.

„Hör zu Junge. Sie wissen nicht, wo der Chip genau ist, sie glauben nur zu wissen, dass ich ihn habe. Sie wollen *sie* als Druckmittel gegen mich verwenden, doch das wird nicht funktionieren. Sobald die das wissen, töten sie sie und mit etwas Pech finden sie dann auch den Chip. Also lasst euch nicht erwischen. Aber macht euch keine Hoffnungen – ich werde euch finden!" J deutete mit dem Kinn zum Fenster und Aaron begann schon, es aus den Angeln zu reißen.

Im Gang hörte ich dreißig Füße in schweren Stiefeln auf uns zukommen. Aaron und ich sprangen aus dem Fenster – anders, als ich erwartet hatte, war der Fluss nicht direkt darunter, sondern begann erst ein paar Meter weiter vor uns.

„Da entlang!", Aaron lief mit gezogener Waffe nach rechts. Die Hafenanlage war voller Container und somit gut geschützt, dennoch sicherte Aaron nach jedem Container den Weg. So gelangten wir sehr langsam zu einem langen Steg, vor dem Aaron im Schutz eines Containers kurz hielt, um sich zu mir umzudrehen.

„Sobald wir da oben sind, haben sie freies Schussfeld. Also müssen wir so schnell rennen wie nur irgend möglich, okay?"

Ich nickte und gleichzeitig sprinteten wir los. Es dauerte nicht lange, bis das Feuer auf uns eröffnet wurde und das Adrenalin schoss durch meine Venen beim Klang der Schüsse. Weder Gedanken an J noch an das immer näher rückende Ende des Stegs gingen durch meine Kopf, nur ein einziges Wort: "Flieh!"

Ohne zu zögern sprang ich sogar noch vor Aaron in das dreckige Wasser des Elizabeth Rivers. Den plötzlichen Kälteschock spürte ich kaum, auch nicht meine schmerzende Hand. Panik rollte im ersten Moment über mich, da ich in der Dunkelheit kurz die Orientierung verlor und mir einbildete, immer noch die Schüsse zu hören. Doch da zog mich schon jemand – ich hoffte, es war Aaron – in eine Richtung und wir durchbrachen die Wasseroberfläche. Und in der nächsten Sekunde ging etwa zweihundert Meter neben uns die Schiffswerft in die Luft. Die Schiffswerft, die ungefähr 80 Meter neben unserem Warenhaus gestanden war.

„Wie konnte das so schnell gehen?", wisperte ich, beim Anblick der Flammen an mein eigenes Haus in Baltimore erinnert. Ich wusste selbst nicht, welches Ereignis ich genau meinte, vermutlich beide.

Ich hatte meine Mom fünf Minuten bevor unser Zuhause niederbrannte angerufen. Etwa eine Stunde war vergangen, von dem Moment an, als Professor Thomas gestorben war, über die Fahrt zu J bis zu unserem Stopp beim Diner. Eine Stunde, um vom Tod einer ihrer Leute zu erfahren, herauszufinden, wo ich wohne, dorthin zu gelangen und eine Bombe zu legen. Diese Terroristen waren nicht nach dem uns in den Medien präsentierten Stereotypen gemacht. Sie waren offensichtlich vernetzt, organisiert und viele. Und das ließ mir kalte Schauer über den Rücken laufen.

„Becca! Wir können keine Zeit verschwenden, schwimm weiter!", brüllte Aaron über den Lärm von nahenden Feuerwehr- und Polizeiautos.

Also schwammen wir weiter. Durch einen mehr als 200 Meter breiten Fluss zu schwimmen, ist mehr als gefährlich, auch wenn es nicht der verseuchte Elizabeth River ist und man keine gebrochenen Finger hat. Ich versuchte, nur mit einer Hand zu schwimmen, so wie mein Dad es mir beigebracht hatte, falls ich jemanden aus dem Wasser retten sollte, doch diese Methode ist alles andere als ein Kinderspiel.

Zu unserem Glück entdeckte uns ein Mann, dessen Boot am anderen Ufer angelegt hatte und der, durch die Explosion angezogen, augenblicklich darauf sprang und ins unsere Richtung fuhr. Aaron winkte, als er auf uns zu kam und das Boot wurde langsamer.

„Es gibt wesentlich schönere Plätze zum Baden als unseren Giftfluss hier", sagte der Fahrer grinsend, als er uns an Bord zog, doch dann wurde er ernst.

„Wart ihr da drüben?"

Helle Haut, rote Haare und eine muskulöse Statur. Ein paar Tattoos lugten am Rand des Kragens seines T-Shirts hervor, an dessen Ärmeln auch einige Ölflecken zu sehen waren, gut versteckt, da er sie hochgekrempelt hatte.

„Arbeitest du in der Schiffswerft?", fragte ich auf gut Glück. Es interessierte mich ehrlich gesagt kaum, doch ich versuchte die Bilder der Explosion aus dem Kopf zu bekommen.

„Ja. Ich hab denen doch gesagt sie sollen die Kabel austauschen! Die ganze Ausrüstung dort war ziemlich kurzschlussgefährdet. Naja, ich schätze, ich brauche 'nen neuen Job, ha?"

Vor 15 Jahren

Die Waffe gezogen, schlich Davy langsam und behutsam den Flur des Verwaltungsgebäudes hinunter. Die Türen waren alle verglast, sodass er jedes Mal anhalten musste, um zu kontrollieren, ob jemand in den Werkstätten oder Büros, die sich dahinter verbargen, war. Doch es war so still und verlassen, dass ihn sogar der Anblick einer Ratte erfreut hätte.

Seit 92 Stunden durchsuchten Zac und er schon sämtliche Fabriken, die laut Farid in Frage kamen. Bisher ohne Erfolg, nur das eigenartige Gefühl, das sich wie ein Schatten über ihn gelegt hatte, verstärkte sich mit jedem Mal. Es war, als hätte sich Aussichtslosigkeit in eine kleine, penetrante Stimme in seinem Kopf verwandelt und Angst schien ihm das Herz bei jeder Durchsuchung noch fester zu verkrampfen.

Ihr Informant war in seinen Augen nicht gerade vertrauenswürdig, doch Zac folgte seinen Hinweisen blind. Und Zac vertraute Davy normalerweise nicht einmal beim Pokern. Doch bei dem Informanten handelte es sich um einen grauhaarigen Händler aus Kabul, Farid, den sein Bruder noch aus seiner Zeit in Afghanistan kannte. Er hatte nie von seinem Aufenthalt dort gesprochen, aber Davy erinnerte sich, dass, als er zurückkam, ein anderer war, jedoch war diese Veränderung damals positiv gewesen. Er hatte sie zumindest positiv aufgefasst, denn kurz darauf hatte Zac beschlossen, Alexis zu heiraten, um eine Familie zu gründen.

Jedenfalls kannte dieser mysteriöse Mann Leute, die wiederum Leute kannten, deren Bekannte in einer Mine arbeiteten, in der anscheinend manchmal mehr Aufseher arbeiteten, als nötig waren. Es war nichts – kein Beweis, nicht einmal Indizien – doch Zac war Feuer und Flamme, diese Mine zu finden.

Davy kam an der letzten Tür seines Stockwerkes an. Mit dem Rücken an die Wand gepresst, wagte er sich nur so weit Richtung Tür, dass er erkennen konnte, was sich dahinter verbarg. Er spürte, dass die Waffe in seiner Hand zitterte und schließlich, dass sein ganzer Körper bebte. Noch niemals hatte er bei einem Einsatz so viel Angst gehabt, doch nun konnte er kaum klar denken. Wenn seine Eltern in einem Café durch eine Bombe ums Leben kamen, war es im Fabrikgebäude einer Mine, wo Sprengstoff für die Arbeit gebraucht wurde, noch viel wahrscheinlicher. Deshalb hätte er sich am liebsten selbst eine verpasst, als er erkannte, dass sich in diesem Raum nur die Buchhaltung befand.

Schwer atmend beugte er sich vor und stützte seine Hände an den Knien ab. Diese ganze selbstauferlegte Mission zehrte an seinen Nerven und war aussichtslos! Keine Terrorgruppe hatte sich zu dem Anschlag bekannt und trotzdem schien Zac zu wissen, wer dahinter steckte, oder er glaubte es zumindest zu wissen.

Davy hatte dazu nur zwei Theorien: Die erste war, dass Zac in seiner Zeit in Afghanistan mehr erfahren hatte, als man der Öffentlichkeit verriet – die zweite war, dass sein Bruder einfach irgendeinen Sündenbock brauchte und ihn hier suchte, wo er schon einmal gegen vom Staat als Feinde bezeichnete Terroristen gekämpft hatte. Zu Anfang war es ihm genauso gegangen – ihre Eltern waren eine Schauspielerin und ein Kameramann gewesen. Leute, die in ihrer Freizeit auf Charity-Veranstaltungen gingen und Spendengelder für Greenpeace und Amnesty International steuerlich absetzten. Beide waren in ihren Berufen sehr erfolgreich gewesen und hatten Geld, welches sie nicht zum Leben brauchten oder in die Zukunft ihrer Söhne investierten, ohne zu Zögern gespendet. Trotz ihrer Philanthropie waren sie von Menschen getötet worden. Die Welt um ihn herum schien nur noch aus Gewalt zu bestehen und keinen Platz für Gerechtigkeit zu lassen. Zac und er sahen sich in der Lage, etwas dagegen zu unternehmen. Aber sie lagen falsch, so falsch! Davy schüttelte den Kopf, um die Bilder seiner toten Eltern aus dem Kopf zu bekommen. Sie waren gute Menschen gewesen und hatten es nicht verdient, so zu sterben. Er wollte nicht mehr daran denken, es lenkte ihn nur ab. Zielstrebig ging er in das Büro hinein und durchsuchte wahllos Schränke und Schreibtischschubladen. Um die Verwirrung zwischen Rachegefühlen und Vernunft abzuschütteln, riss er die Fächer so schwungvoll wie möglich heraus. Davy griff gerade nach einer Schublade mit Inlandlieferscheinen, als er Zac wie aus heiterem Himmel plötzlich im Türrahmen stehen sah. Er erschrak so sehr, dass die Dokumente in die Luft flogen und wie mutierte Schneeflocken auf ihn herabfielen.

„Und Mom dachte immer, ich sei der Ungeschicktere von uns beiden", sagte Zac nur, klang dabei allerdings nicht sarkastisch.

Davy ignorierte ihn und begann, die Blätter wieder einzusammeln. Zac stand kurz nur da, dann seufzte er und ging ebenfalls in die Hocke. Obwohl sein Bruder jetzt da war, kam sich Davy noch von der Stille erdrückt vor, die leisen Geräusche des Papiers, das aneinander rieb, raubten ihm beinahe den letzten Nerv. Es war zwar ein Geräusch, doch so zart, dass es auf ihn einen ähnlichen Effekt hatte wie die chinesische Wasserfolter auf ihre Opfer.

„Schau her – ich habe sogar den Jackpot geknackt – Lieferschein Nummer 123456. Heute ist eindeutig mein Tag!" Zac grinste ihn an, ohne dabei glücklich auszusehen. Doch das interessierte Davy gerade nicht.

„Ich wollte dir genau dasselbe sagen", antwortete er mit einem Blick auf das oberste Blatt seines Stapels. Zac riss es an sich und verglich. Seine Augen weiteten sich, als er hektisch den Boden absuchte und offenbar weitere Lieferscheine mit dieser Nummer fand.

„Das kann kein Zufall sein. Nein… Das ist ein Hinweis… Nein, nein, *das* ist der Schlüssel! Wir haben es. Da – das ist die Stadt in Russland, und … hier ein Dorf in der Nähe von Marrakesch. Der hier geht nach Frankreich und der nach Boston. David! Das sind die Städte auf unserer Karte – zu jeder geht ein Lieferschein. Farid hatte Recht. Sie haben sich hier versteckt!" Zac war in seiner eigenen Welt und seine Augen glänzten, jedoch auf keine angenehme Art.

„Lass uns die Lieferscheine fotografieren und dann hauen wir ab, okay? Es wird langsam Zeit, von hier zu verschwinden!" Davy griff nach seines Bruders Schulter, was diesen wiederum zur Besinnung kommen ließ. Seine Augen klarten sich wieder und er nickte zustimmend. Während sie mit winzigen Kameras die mutmaßlichen Beweise festhielten, stahl sich ein breites Lächeln auf Zacs Gesicht. Als Davy es sah, konnte er nicht anders, als zurücklächeln.

„Was?"

„Erinnerst du dich noch an unsere Superheldenkostüme, die wir als Kinder immer getragen haben? Ich hatte immer das Gefühl, zu klein dafür zu sein."

„Es war dir ja auch viel zu groß", fügte Davy scherzend hinzu.

„Du weißt was ich meine, Idiot. Aber was ich damit sagen will, ist, dass ich zur Army ging, um ein Held zu werden. Doch ich fand, dass dies nicht der Weg ist, den ich gesucht habe. Beim FBI war es besser, doch nie so wie jetzt. Nach all den Jahren habe ich zum ersten Mal das Gefühl, ein Held zu sein. Und es fühlt sich fantastisch an!"

Kapitel 11

Ich fühlte mich alles andere als gut, als wir endlich in einem Wagen saßen, der uns raus aus Virginia bringen sollte. Der rothaarige Werftarbeiter hatte uns trockene Jeans und T-Shirts in die Hand gedrückt, bevor er wieder zu dem brennenden Gebäude fuhr. Liebend gern hätte ich mich einfach auf den asphaltierten Steg gelegt und hätte geschlafen, aber die Angst, dass die Männer aus den schwarzen Vans bald hier auftauchen könnten, überwog.

Wir zogen uns gleich dort um und suchten dann einen Busbahnhof, aber es gab keinen, der uns weit genug weg brachte und wir hatten auch kaum noch Geld. Aber in der Nähe befand sich eine Open-Air Veranstaltungshalle und zu unserem Glück war dort gerade ein Konzert zu Ende gegangen – oder sie ließen es wegen der Explosion evakuieren.

Also entschieden wir uns für die Methode, die die besorgten Eltern eines Mädchens einem immer als die Schrecklichste beschreiben – Autostopp.

Aaron zog mich auf den Parkplatz, der von Konzertbesuchern überschwemmt wurde und suchte nach etwas. Als die Menge dichter wurde, nahm er meine Hand, doch diesmal meldeten sich die Schmetterlinge nicht, denn ich war dafür zu erschöpft. Mir wurde nur ganz kurz behaglich warm, doch die Niedergeschlagenheit und Müdigkeit überwogen und verdrängten das wohlige Gefühl. Aaron hielt vor einem blitzblauen Chevy und sah sich um.

„Was machst du da?", ich klang beinahe, als würde ich schon schlafen.

„Ich suche die Besitzer dieses Autos", lautete seine knappe Antwort.

„Wieso?"

„Weil sie laut ihrem Nummernschild in North Carolina wohnen. Das ist der erste Schritt nach Louisiana!" Er lächelte mir kurz aufmunternd zu und suchte dann weiter die Menge ab.

Wir mussten schlussendlich fünf Besitzer von Autos aus North Carolina um eine Mitfahrgelegenheit bitten, bevor wir eine Zusage bekamen. Und so saßen wir bei einem älteren Mann und seiner wesentlich jüngeren Frau im Auto, die uns hauptsächlich deshalb mitnahmen, weil wir ein so süßes Pärchen seien, genauso wie sie in ihrer Jugend es gewesen waren. Die Frage, wessen Jugend sie gemeint hatten, denn ihr Altersunterschied war rein optisch enorm, blieb offen und wir fragten auch nicht nach, sondern nickten nur brav.

Es handelte sich bei ihrem Wagen um einen Land- Rover Defender, ein lautes, riesiges Teil, das so aussah, als könnte sogar ein Panzer darüber rollen, ohne es zu beschädigen. Kaum ließ ich mich in den Sitz sinken, wollte ich nie wieder aufstehen, ich hatte das Gefühl, als wären das die gemütlichsten Polsterungen, die jemals in irgendein Auto eingebaut worden waren.

Der Mann ließ den Wagen an und Countrymusik dudelte aus den Lautsprechern, doch jeder, der schon einmal in solch einem Wagen gefahren ist, weiß, dass man auf der Rückbank davon nichts mitkriegt, da der Motor wirklich enorm laut ist. Das war allerdings nicht das schlechteste, da wir somit erstens die Countrymusik nicht hören mussten und zweitens uns privat unterhalten konnten.

„Geht's dir gut?", fragte Aaron halblaut, was jedoch den Effekt des Flüsterns erfüllte.

„Geht's *dir* gut?", fragte ich zurück und er lächelte schwach.

„Wir leben, mehr brauchen wir nicht."

„Wenn ich daran denke, dass ich jetzt in diesem Augenblick in einem Zug nach Hause sitzen sollte, kommt mir dieses schlichte Kriterium sehr grotesk vor." Ich starrte Löcher in die Kopfstütze vor mir. Zum wiederholten Male den Gedanken, dass ich dort kein Zuhause vorfinden würde, verdrängend.

„Es tut mir leid, dass du dieses Leben kennenlernen musst. Du bist eine der wenigen Personen, die in dieser Geschichte nichts falsch gemacht haben."
Ich wandte mich ihm zu, um seine Augen zu sehen, doch er starrte auf unsere Hände, die so dicht beieinander lagen, dass sie sich fast berührten.
„Hast du etwas falsch gemacht? So viel, wie ich bisher von dieser Geschichte erfasst habe, hast du noch viel weniger mit dem Ganzen zu tun. Du hast dir ja nicht ausgesucht, deine Eltern zu verlieren oder zu wem du anschließend ziehen solltest."
Sein Blick kreuzte sich mit meinem und ich konnte wieder seine Gefühle lesen. Er war auf einmal so verbittert und frustriert. Er schien die Verwirrung in meinen Augen sehen zu können und seufzte laut.
„Meine Eltern haben verfügt, dass ich zu meinen Großeltern väterlicherseits kommen sollte. Aber die wollten mich nicht. Ich habe nichts bewusst falsch gemacht, doch irgendeinen Fehler muss ich begangen haben, denkst du nicht?"
Verzweifelt sah er mich an, als würde er mich anflehen, ihm zu sagen, dass mit ihm alles in Ordnung war. Ich wollte das auch sagen, doch im ersten Moment war ich sprachlos – noch nie hatte er sich so verletzlich mir gegenüber gezeigt. Der Wert dieser Information war mir zuerst nicht klar, doch dann erinnerte ich mich an sein Wettkampf-Gehabe in der Schule und verstand, dass es nicht nur um sein Ego gegangen war. Er wollte von aller Welt hören, dass er gut genug, oder gar besser war, als seine Familie dachte.
„Deine Großeltern sind Idioten", rutschte es mir hervor, doch als Aaron in schallendes Gelächter ausbrach, redete ich munter weiter:
„Du bist doch das Bild eines perfekten Enkelsohns: du bist sportlich, charmant, gebildet, gutaussehend…", Aaron unterbrach mich mit hinterlistigem Lächeln und ich bemerkte, dass ich einen Fehler begangen hatte.

„Du findest mich gutaussehend?" Er hob eine Augenbraue – diese gespielte Unwissenheit und seine Fähigkeit, weniger als zwei Augenbrauen gleichzeitig zu heben, machte mich wahnsinnig!

„Ach, komm, jetzt tu nicht so, du verbringst doch genug Zeit vor dem Spiegel, du weißt genau, wie gut du aussiehst. Und überhaupt…", ich konnte meinen Satz nicht zu Ende sprechen.

Denn schon zum zweiten Mal an diesem Tag küsste er mich – plötzlich und ohne Vorwarnung. Und schon war meine anfängliche Müdigkeit wie weggeblasen! Die monotone Stimme aus den Medizinwerbungen schoss mir durch den Kopf.

"Zu Risiken und Nebenwirkungen… ach, scheiß drauf!"

Mein Tastsinn verschärfte sich und ich spürte jede seiner Berührungen wie das Brennen eines Feuers auf der Haut. Gleichzeitig schien er ein Vakuum um uns zu schaffen, denn das Einzige in meiner Welt war gerade Aaron und seine unglaubliche Sanftheit. Mein Körper schien sich in Butter zu verwandeln, als er mir mit einer Hand die Haare aus dem Gesicht strich und sie dann einfach dort liegen ließ.

„Wollt ihr Cookies?", die Stimme der jungen Frau riss mich aus meiner Traumwelt und erschrocken wich ich zurück. Sie hielt uns eine Plastikdose hin und wir starrten beide etwas perplex darauf, Aaron mit seiner Hand immer noch an meiner Wange. Sie schien zu merken, dass sie uns in Verlegenheit gebracht hatte und lächelte entschuldigend.

„Ähm… Ja, gerne," ich nahm mir schnell einen und biss hinein, Aarons Blick ausweichend, denn ich würde garantiert zu Stein erstarren, würde ich jetzt in diese Augen schauen. Diese wunderschönen Augen… Das Blut schoss mir ins Gesicht und es half auch nicht, dass Aaron nach meiner Hand griff und sie sanft, um meine Finger nicht zu verletzen, umschloss.

„Ich weiß, dass du es nicht sehen kannst, denn ich habe diese Theorie, dass die Welt buchstäblich durch verschiedene Augen anders aussieht, doch für mich bist du der Inbegriff des Lebens – und ich fange gerade an zu sehen, wie schön das Leben ist."

„Wir werden von wer-weiß-wie-vielen Leuten gejagt, sind gerade in den Elizabeth River gesprungen, um dem Tod durch unzählige Geschütze zu entgehen und du findest das Leben schön?", fragte ich entgeistert.

„Ja. Denn zum ersten Mal seit Ewigkeiten habe ich ein Ziel, dass dieses Leben lebenswert macht."

Es gibt kein Wort, das meinen Gefühlen in diesem Moment gerecht wird. Es war so vieles auf einmal, unbändige Freude, grenzenlose Verwirrung, tiefe Zuneigung, schreiende Fröhlichkeit, nagende Unsicherheit – es war das Gefühl, Hals über Kopf verliebt zu sein, da war ich mir sicher! Ich suchte nach einer passenden Antwort, doch auf so etwas kann man nicht erwidern, denn es müsste die vorherige Aussage toppen. Wenn man das nicht tut, könnte man denken, der andere sei einem weniger wert, aber trotzdem darf man ihn auch nicht übertrumpfen wollen, denn Liebe ist kein Wettkampf. Also sagte ich nichts und hoffte, dass er verstand.

Und als ich mich wieder genug unter Kontrolle hatte, um ihn anzusehen, sah ich, dass dem so war und mein Leben fühlte sich grenzenlos an.

Wir schafften es bis zum nächsten Tag nach Douglas, Georgia, da wir, nachdem uns das Pärchen in North Carolina abgesetzt hatte, einen Truckfahrer fanden, der nach South Carolina musste und uns dort rechtzeitig zur nächsten Frühschicht absetzte. Von dort nahm uns dann jemand mit nach Georgia.

Das gute an Trucks ist, dass sich hinter den Sitzen eine Liegefläche befindet. Und da die Sitze groß und bequem sind, so konnten wir mehrere Stunden am Stück schlafen. Vielleicht war das auch keine so gute Idee, denn kaum hatte ich die Augen geschlossen, tauchte ich schon in eine Reihe von Alpträumen ein.

Meine Mom saß auf ihrer Fensterbank, das Abendlicht schien auf ihre Decke, Engine lag ihr quer über den Schoß und sie schliefen beide. Sie sah müde und ausgezehrt aus und zuckte immer wieder im Schlaf. Engine begann dann immer noch lauter zu schnurren, als würde er sie beruhigen wollen. Ich war nur ein Beobachter ohne jegliche Form, so konnte ich sie nicht aufwecken, obwohl ich so gerne mit ihr gesprochen hätte, doch, obwohl sie schlecht zu träumen schien, sah sie irgendwie friedlich aus und so betrachtete ich sie nur wohlwollend.

Doch dann klingelte jemand. In diesem Moment schien das Licht gedimmt worden zu sein und es kam mir so vor, als würde es kühler werden. Mom wachte auf, schob Engine vorsichtig von ihrem Schoss und stand auf. Erschrocken fiel mir auf, dass sie auch nicht mehr so sicher auf den Beinen stand wie früher. Mit jedem Schritt auf die Tür zu wurde es noch dunkler und der Raum schien sich aufzulösen. Nur noch unsere Haustür war noch gut zu sehen, als sie nach dem Türgriff langte und sie aufzog. Draußen war nichts.

Doch der Knall einer abgefeuerten Waffe war ohrenbetäubend laut und sie traf ihr Ziel genau. Das Gesicht meiner Mutter nahm einen verwunderten, beinahe ungläubigen Ausdruck an, als sie zu Boden sank und an ihrem eigenen Blut erstickte.

Und ich konnte weder denken, noch reden, noch mich bewegen. Ich sah einfach zu!

Nach Luft ringend erwachte ich und richtete mich schnell auf. Schweiß rann mir über das Gesicht, meine Haare klebten schon daran. Hektisch strich ich sie weg, sie kamen mir wie die Fesseln vor, die mich im Traum gehindert hatten, einzugreifen. Ein Blick in den Rückspiegel offenbarte mir, dass ich noch schlimmer aussah, als ich mich fühlte – die kurzen Haare waren stumpf und glanzlos, unter meinen Augen tiefe, dunkle Ringe, wie ich sie sonst nur in schlechten Vampirfilmen gesehen hatte und die neue Schiene, die Aaron noch in Norfolk gebastelt hatte – aus billigem Gips und einem der karierten Hemden als Polsterung – sah aus wie das Werk eines mittelalterlichen Quacksalbers. Ganz zu schweigen davon, dass der Elizabeth River das Ding ziemlich instabil gemacht hatte. Jede Erschütterung des Trucks hätte mich am liebsten schmerzvoll zusammenzucken lassen, doch dadurch würde es nur schlimmer werden, das wusste ich.

„Albträume?", Aarons sanfte Stimme beruhigte mich etwas.
Seine Augen waren voller Sorge, ich lächelte, um den besorgten Ausdruck verschwinden zu lassen.

„Ja aber es geht mir gut."
Offenbar überzeugte ich ihn nicht, denn er kletterte von seinem breiten Sitz zu mir auf die schmale Liegefläche. Er lehnte sich mit dem Rücken an die Wand und ich mich mit meinem an seinen Oberkörper und vergrub mein Gesicht in seinem T-Shirt. Behutsam legte er die verletzte Hand auf seinen Oberschenkel und nahm mich dann fest in die Arme.

„Es ist bald vorbei", flüstere er in mein Haar und legte sein Kinn auf meinen Kopf.

„Wie kannst du das wissen? Was ist, wenn Alexis nichts weiß? Hast du eigentlich einen Plan?"
Ich starrte, so gut es ging, an ihm hoch, während er sich nachdenklich eine widerspenstige Haarsträhne aus dem Gesicht pustete.

„Alexis wird die Antworten haben. Und selbst, wenn nicht, werden wir vermutlich eine Weile bei ihr untertauchen können und danach vielleicht versuchen, etwas über deine Eltern herauszufinden. Dann sehen wir weiter. Aber jetzt konzentrieren wir uns erst einmal darauf, nach New Orleans zu kommen", er gab mir einen Kuss auf die Stirn und ich murrte verstimmt. Ich wollte mehr als das und Aaron schien es zu wissen, denn er lachte schallend los.

„Uns bleibt noch alle Zeit der Welt, Becca."

„Du bist der hoffnungsloseste Optimist, der mir jemals begegnet ist! Und das hatte ich von dir gar nicht erwartet. Es ist ja nicht so, als hättest du nur gute Zeiten hinter dir. Oder vor dir."

„Tja und du bist die hoffnungslosteste Pessimistin, die mir jemals begegnet ist! Und das ist nichts anderes, als ich es von dir erwartet habe."

Er lachte nur über meine Versuche, ihm eine Kopfnuss zu verpassen und schnappte sich meine Handgelenke, als ich gefährlich nah dran war, es zu schaffen. Natürlich versuchte ich es weiterhin, was Aaron nur dazu brachte, noch lauter zu lachen und er brachte mich dazu, mit einzustimmen.

Als wir uns endlich etwas beruhigt hatten, bekam ich endlich meinen Kuss. Aber er war nichts weiter als das simple Zusammentreffen unserer Lippen, ohne jegliches romantisches Flair – und er war auch viel zu kurz. Wieder gab ich ein unzufriedenes Brummen von mir.

„Zu wenig. Ich will mehr!" Anstatt mich, wie sonst, durch seinen einnehmenden Blick zum Schmelzen zu bringen, bestärkten mich seine hypnotischen Augen in meinem Verlangen. Zögerlich huschten sie über mein Gesicht, als könnten sie sich nicht entscheiden, was sie ansehen sollten. Gerade in dem Moment, in dem Aaron nachgeben wollte, riss mich die Stimme des Truckfahrers in die Realität zurück.

„Kein Sex im Truck!"

Ich wurde rot von oben bis unten und Aaron lachte schallend los. Am liebsten hätte ich mich in eine der unscheinbaren Decken, die zu unseren Füßen lagen, verwandelt und hätte mein Leben in diesem langweiligen Dasein gefristet, als jetzt hier in Aarons Armen zu liegen und zu wissen, dass der fremde Mann hinterm Steuer uns belauschte und uns als eine Art Live-Porno ansah.

„Höraufzulachenhöraufzulachenhöraufzulachen", nuschelte ich bei dem Versuch, mein rotes Gesicht in sein Hemd zu verstecken.

„Du bist so niedlich, wenn du rot wirst, *mon petit feux*!", Aaron strich mir über die Haare wie bei einem Kleinkind. Ruckartig richtete ich mich auf.

„Hast du mich gerade *Ampel* genannt?!" Die Entrüstung in meiner Stimme war unüberhörbar. Aaron versuchte ein ernstes Gesicht zu machen, doch immer wieder zuckte einer seiner Mundwinkel hoch.

„Hast du mich gerade *wirklich* Ampel genannt?" Diesmal toppte der Klang meiner Stimme sogar den meiner Tante Margret, wenn ich wieder einmal meine Schmink- und Friseurkünste an meinem Cousin Ralf ausprobiert hatte. Als wir noch klein waren, versteht sich. Und Aaron reagierte genau wie mein Vater damals: Diplomatisch und bemüht, einen Lachanfall zu unterdrücken, versuchte er die Situation zum Besten zu wenden.

„Nur im besten Sinne, natürlich, Re."
Ich verschränkte die Arme und runzelte die Stirn, all meine Selbstbeherrschung aufbringend, nicht den großen Augen und dem wundervollen, speziellen Lächeln zu verfallen, das er mit einer entschuldigenden Mine aufgesetzt hatte.

„Wie kann eine Ampel im besten Sinne von irgendwas gemeint sein?"

„Naja, sie regelt den Verkehr, ohne sie gäbe es Chaos."

„Also denkst du, ich könnte mit meinem Gesicht den Verkehr regeln, ja?"
Da ich etwas von ihm abgerückt war, rutschte er nun in meine Richtung. Ich rückte weiter weg – er hinterher. Bis ich an der rechen Seitenwand des Trucks ankam und nicht mehr ausweichen konnte. Aaron nutzte die Situation voll aus und stemmte seine Arme jeweils einen links und rechts neben meinem Kopf an der Wand ab und richtete sich etwas auf, um auf mich herab zu sehen. Nun

erfüllten seine Augen wieder ihren ursprünglichen Zweck – und zwar mich in Stein zu verwandeln.

„Nein, du bist absolut ungeeignet, als jegliche Form der Verkehrsregelung zu arbeiten. Es würde dauernd zu Unfällen kommen, wenn dich die Autofahrer sehen." Er flüsterte und schien es total ernst zu meinen. Und das setzte mich so dermaßen unter Druck, dass ich das Erste sagte, das mir durch den Kopf schoss:

„Weil mein Gesicht aussieht wie eine Kartoffel?"

Seine Augen verloren das hypnotisierende Etwas und Verwirrung spiegelte sich in seinem Gesicht wider.

„Was?" Ich prustete los und der Druck war verschwunden.

„Was zur Hölle hat dein Gesicht mit einer Kartoffel zu tun?!"

„Nichts. Aber Komplimente machen mich nervös."
Er lehnte sich zurück und starrte mich entgeistert an.

„Du bist wirklich die sonderbarste Person, die mir je begegnet ist!"

„Nun, das ist ein Kompliment, mit dem ich umgehen kann!"

Vor 14 Jahren

„Sie kommen näher. Jetzt waren sie sogar schon in New York! Wie lange willst du die Fakten noch ignorieren, Dav- Finn? Wann soll das enden? *Wie* soll das enden? Unser Plan hat ein Leck, doch du ignorierst es!", Faes Stimme war für ihre ruhige und zurückhaltende Persönlichkeit erschreckend laut geworden.
Die Hände in die Seite gestemmt, stand sie ihm gegenüber im Türrahmen und konfrontierte ihn zum ersten Mal seit er sie kannte, direkt und unbarmherzig. Ihre kurzen, dunklen Haare rahmten ihr Gesicht ein und legten einen dunklen Schatten darüber, nebst dem Schatten, den ihre Krankheit mit sich gebracht hatte. Er war verwundert und beeindruckt von dieser ihm bisher unbekannten Seite seiner Frau, dennoch berührte es ihn kaum – oder zumindest drängte er seine Gefühle zu dem Thema erfolgreich beiseite.

„Können wir das nicht später besprechen? Heute ist Rebeccas Geburtstag und du weißt, wie sie reagiert, wenn sie dich aufgebracht sieht", er versuchte sich an Fae vorbei zu drängen, doch sie griff fest nach seinem Arm und hielt ihn zurück.

„Wenn nicht heute, wann dann? Morgen? Übermorgen? Du wirst es wieder aufschieben! Aber morgen sind sie vielleicht schon hier, oder Zac findet heraus, dass wir noch hier leben – wir müssen von hier weg, Finn."

„Ich werde nicht vor Zac davonlaufen", er war beinahe einen halben Meter größer und es fiel ihm daher nicht schwer, nicht das Gefühl der physischen Übermacht zu spüren.

„Dann bist du ein Idiot!", fuhr in Fae an und stellte sich etwas auf die Zehenspitzen.

„Ein Idiot vielleicht, aber zumindest kein Feigling! Und Rebecca…"

„Rebecca ist es egal, ob du mutig warst oder nicht, wenn du tot bist...oder sie!"

„Niemand möchte Eltern haben, die zu feige waren, sich mit ihren Problemen auseinanderzusetzen und ihre Kinder zu verteidigen!"

Fae wich mit einem angewiderten Gesichtsausdruck von ihm zurück.

„Das kommt von dem Mann, der seinen Sohn bereitwillig zurückgelassen hat, um nicht erkennen zu müssen, dass das Kind ihm ähnlich ist!" Sie spukte diese Worte aus wie Gift. Für Finn waren diese Worte gleichzusetzen mit einem Schlag einer Keule ins Gesicht. Der nächste Schlag kam, als er erkannte, dass Faes Miene ganz und gar auf ihn fixiert war – ihre Enttäuschung und ihr Schmerz, die sie erfolgreich versteckt hatte und die nun übergebrodelt waren.

„Aaron ist nicht wie ich." Er wagte es nicht, sie anzusehen.

„Nein. Er hat mir gezeigt, was er fühlte, während du dich immer mehr in einen Stein verwandelt hast! Aber für dich war seine Offenheit eine Schwäche und deshalb hast du ihn verachtet. Aaron hat seine Eltern verloren und litt und deshalb hast du ihn verachtet. Aber in deinem Wahn, dass nur die Stärkeren überleben, hast du eines vergessen .....!"

Ganz plötzlich überkam Finn eine erdrückende Welle aus Wut und Frustration.

„Und was genau sollte das sein?"

Er war ein paar bedrohliche Schritte auf sie zu gegangen, doch sie wich weder zurück, noch zeigte sie sich beeindruckt.

„Das er nur ein Kind ist! Ein Kind, das auf einen Schlag keine Eltern und keine Familie mehr hatte und zu Leuten kam, die es nicht kannte. Er war vier Jahre alt und verängstigt, als ich ihn damals vom Flughafen abholte. Ich sprach zwar seine Sprache, dennoch wurde er mit mir nicht sofort warm. Aber kaum, dass du uns die Tür geöffnet hast, habe ich gesehen, wie angetan er von dir war. Doch diese Zuneigung schien dir von Anfang an nichts zu bedeuten." Mit einem Mal wirkte Fae erschöpft und stützte sich mit einer Hand an der Wand ab. Seine Wut war ebenfalls verraucht, er zog einen Stuhl, der im Flur stand, näher zu ihr und platzierte sie behutsam darauf. Sie atmete schwer und verstört sah er, dass Tränen über ihre Wangen rannen.

„Ich verstehe, dass dich Aarons Verlust tief getroffen hat. Aber Zac ist kein Unmensch, er wird sich um ihn kümmern und wir haben jetzt Rebecca, unser süßes, kleines Mädchen, die sich darauf verlässt, dass ihre Eltern sie fangen, wenn sie fällt."
Sanft richtete Finn Faes Gesicht so auf, dass sie ihm in Augen schaute.

„Vermutlich hast du Recht. Ich konnte mit Aarons Leid nicht umgehen, genauso wenig konnte ich mit meinen eigenen Gefühlen umgehen. Aber das hat nichts mit der Entscheidung zu tun, ihn Zac zu überlassen. Mein Bruder wusste, dass Aarons Familie ihn nicht haben wollte. Wenn wir also überzeugend tot sein wollten, mussten wir ihn ihm überlassen, darin waren Alexis und ich uns einig. Wir alle mussten Opfer bringen – doch bitte versteh meine Beweggründe, wenn ich dir sage, dass ich nur im Notfall diesen Ort hier verlassen werde. Zac flieht vor den Terroristen, Alexis und ihre Tochter fliehen vor Zac und wir hatten die Möglichkeit, ein ruhiges Leben zu leben, wenn wir Aaron zurückließen und auch, wenn es nicht sehr nobel von mir war, habe ich mich für diese Variante entschieden, um zumindest Rebecca aus allem herauszuhalten."
Fae, die die ganze Zeit ruhig zugehört hatte, wischte sich nun hastig die Tränen aus dem Gesicht und verzog den Mund zu einem misslungenen Lächeln.

„Ich fühle mich nur so schuldig, denn ich habe das Vertrauen seiner Mutter verletzt, die ihn mir mit bestem Gewissen anvertraut hatte."

„Ich weiß. Aber irgendwann wirst du ihn wiedersehen und erkennen, dass deine Sorge unbegründet war. Und jetzt komm – Becca wartet bestimmt schon auf ihre Torte."
Er lächelte und legte all seine Zuneigung in dieses Lächeln. Und sie erwiderte es.

Kapitel 12

Das Glück schien uns wirklich zuzulächeln. Wir erreichten New Orleans innerhalb der nächsten vierundzwanzig Stunden, nachdem wir mit dem Truckfahrer in Georgia angekommen waren. Es war nun die dritte Ferienwoche angebrochen und viele High- School-Absolventen hatten beschlossen, das Ferienklischee schlechthin ausleben zu wollen: Sie traten den allseits bekannten Road-Trip an.

Wir standen nicht lange neben der Auffahrt zu einem Highway mit einem Kartonschild mit der Aufschrift „New Orleans", als auch schon ein offenbar selbstlackierter, grüner Minivan mit Blumenaufklebern anhielt und wir uns irgendwie zwischen die fünf anderen Mitfahrer quetschen. Erst zu spät erkannte ich, dass es sich hierbei hauptsächlich um weibliche Passagiere handelte, die sich sofort auf Aaron stürzten, wie ausgehungerte Wölfe auf ein Stück Fleisch.

Und er konnte natürlich nicht anders und flirtete mit ihnen, was das Zeug hielt, jedoch auf wesentlich höherem Niveau als die Mädels – allerdings immer noch brechreizerregend! So wurde diese Fahrt, auf der man mich hauptsächlich mit bösen Blicken bedachte und mein Freund kurzzeitig zu vergessen schien, dass er diesen Titel innehatte, zur längsten meines Lebens.

Als wir endlich in New Orleans ausstiegen, hätte ich vor Glück am liebsten geweint. Was ich tatsächlich tat, war, mich auf den Boden zu werfen und so zu tun, als würde ich diesen küssen.

„Dass ich diese Fahrt überlebt habe, ist der Beweis dafür, dass es Gott gibt!", erwiderte ich nur auf Aarons verwirrten Blick.

Er wurde daraufhin rot und scharrte verlegen mit den Füßen.

„Ach, komm, so schlimm war es nicht", brummte er, doch ich lachte nur verächtlich.

„Ich wäre beinahe lieber wieder zurückgefahren und hätte mich in den Kugelhagel der Leute von der Schiffswerft geworfen, als dir beim Flirten mit den fünf Reality-TV-Diven zuzusehen." Ich stapfte davon und hörte Aaron hinter mir herlaufen.

„Du kannst doch nicht wirklich *deswegen* sauer sein! Das war ja noch nicht mal richtiges Flirten!"

„Oh, was verstehst du denn unter flirten?", gab ich schnippisch zurück.

„Das!" Er griff nach meinem Ellbogen und drehte mich zu sich. Aaron hielt mich so fest, dass ich mich nicht mal befreien konnte und als ich schlussendlich aufgab, bemerkte ich, dass er mich die ganze Zeit ruhig angesehen hatte.

„Als ich dich damals auf dem Basketballplatz singen gehört habe, wurde mir etwas klar. Wunder sieht man nur, wenn man mit dem Rücken zur Sonne steht. Denn wenn du dich nie auch nur ein bisschen von dem Bewiesenen und Konstanten löst, wirst du niemals die Ausnahmen der Regel sehen. Und du bist meine Ausnahme, Rebecca Brooke Alice Gardner."

„Wow. Du hattest Recht – du kannst das ja wirklich noch steigern!"
Er lächelte und beugte sich vor, um mich zu küssen und ich ließ mich nicht lange bitten. Gierig schlang ich meine Arme um seinen Hals und ließ mich von der Intensität des Moments leiten. Und es war traumhaft. Als wir uns wieder voneinander lösten, starrte ich Aaron für einige Augenblicke einfach nur an. Dann hob ich die Hand – und verpasste ihm die verdiente Kopfnuss.

„Wenn du das jemals mit einem anderen Mädchen machst, wirst du das schwer bereuen."
Verblüfft sah er mich an, als wäre er noch nicht wieder vollständig aus der Traumwelt von vorhin zurückgekehrt.

„Zu Befehl, Ma'am!", murmelte er, bevor er meine heile Hand nahm und wir Richtung French Quarter gingen. Es war schon später Nachmittag, die Sonne ging langsam unter und tauchte alles in ein wunderschönes, orangenes Licht. Normalerweise hatte ich keinen Sinn für Romantik, doch die beeindruckende Skyline und die leise – vermutlich nur in meinem Kopf vorhandene – Jazzmusik ließ mich ganz nostalgisch werden.

„Was hältst du davon, wenn wir Alexis erst Morgen suchen und jetzt zuerst mal einen netten Spaziergang durch den Park machen und anschließend irgendwo einen netten Platz zum Schlafen suchen?"
Ich tat mein bestes, jedoch führten meine Versuche, ihn mit Max' Welpenaugen zum Schmelzen zu bringen, nur dazu, dass er leise zu lachen anfing.

„Das wird jetzt langsam allerdings zu viel des guten, oder? Zum Schluss wirst du noch eine waschechte Romantikerin."

„Tja, du hättest eben nicht so viel Weichspüler in die Wäsche geben sollen."

„Touché. Wir gehen trotzdem heute schon zu Alexis!"
Ich schwieg daraufhin. Es war in Anbetracht der Tatsache, dass wir seit Wochen wortwörtlich um unser Leben rannten, vielleicht lächerlich, jedoch hatte ich Panik beim bloßen Gedanken an Alexis. Oder meiner Zwillingsschwester. Ich hatte nie erwartet, mit Blutsverwandten konfrontiert zu werden, schon gar nicht mit so nahestehenden! Meine Güte, mir war ja bewusst gewesen, dass ich eine Mutter hatte, aber im Doppelpack dazu auch noch eine Schwester? Wie war sie so? Und wieso hat Alexis sie behalten und nicht mich? Wie hatte sie nur zwischen uns wählen können? Fühlte sie sich schuldig oder dachte sie noch an mich? Wie würde sie reagieren, wenn ich plötzlich vor ihr stände?
All die Fragen überrollten mich schier und brachten auch nagende Zweifel mit sich. Ich holte schon tief Luft, um Aaron zu sagen, dass ich noch Zeit brauchte und dass ich Angst hatte, doch als ich mich ihm zuwandte, blieben die Worte in meinem Hals stecken. Die Sonne schien direkt auf sein Gesicht, um sich vor ihr zu schützen, hatte er die

Augenlider gesenkt und seine langen Wimpern warfen Schatten über seine Wangen. Einer seiner Mundwinkel war leicht nach oben gezogen, als würde er an etwas Lustiges denken.
Und ich konnte es ihm nicht sagen. All die Male, in denen er für mich da war, sei's nun in der Schule, als er mich vor J gerettet hatte, das Reden bei Mrs. Rochester übernommen oder mich einfach nur weiter gezogen hatte – er war niemals stehen geblieben, selbst als J ihn verraten hatte, war er weiter gelaufen. Der größte Verrat, den ich begehen konnte, war jetzt die Nerven über Bord zu werfen.
Also sah ich nur auf meine Füße und die Straße vor mir und konzentrierte mich auf die immer näher beieinander stehenden Häuser New Orleans.
Den French Quater zu finden war leicht – einfach den Touristen nach. Alexis zu finden stellte sich als weitaus schwieriger heraus. Wir verbrachten Stunden damit, durch die Straßen zu laufen und Leuten ein Bild von ihr zu zeigen. Aber niemand kannte sie.
Es wurde immer dunkler und selbst als das Nachtleben in New Orleans begann, gab es immer noch keine Spur von ihr. Wir quetschten uns durch die Massen von Betrunkenen, Touristen oder betrunkenen Touristen, die immer dichter wurden, je später es wurde.
Und irgendwann passierte das Unvermeidliche: Einer der schwankenden Alkohol-Zombies verlor sein Gleichgewicht, riss noch einen Kumpel mit sich und beide beschlossen, dass der Boden auch von mir eine Umarmung verdient hatte. Kurzum: Wir fielen auf die Schnauze.
Es gibt viele schöne und vor allem saubere Dinge in New Orleans. Die Straßen waren es nicht.

„Uups – tut mir echt leid Mädel. Die letzten paar Shots haben mich echt flachgelegt. Kapiert? Flachgelegt!" Er und sein Kumpel fingen lauthals an zu lachen, doch als sie Aarons Gesichtsausdruck sahen, machten sie sich schleunigst davon. Er starrte ihnen noch wütend nach, während er mir seinen Arm hinhielt, an dem ich mich schnell hochzog.

„Ist was passiert?" Er checkte mich mit seinen Augen von oben bis unten durch und ich lächelte über seinen besorgten Blick.

„Es ist alles in Ordnung, nur mein Geruchssinn ist nach dieser Alkoholfahne für immer geschädigt", mein Lächeln schien ihn zu beruhigen und er griff grinsend nach meiner Hand. Zuerst verschränkte ich meine Finger mit seinen und wollte mich durch dieses behagliche Gefühl von unserer erfolglosen Suche ablenken lassen, als mir siedend heiß einfiel, dass diese Hand gar nicht frei sein dürfte. Das Lächeln wurde mir aus dem Gesicht gewischt und panisch begann ich mich im Kreis zu drehen.

„Aaron, ich habe das Bild verloren!"
Jetzt sah auch er sich gestresst um und gemeinsam suchten wir die Straße ab, doch es war nirgends zu sehen. Und dabei hatten wir nur mehr das eine Foto von Alexis!

„Sucht ihr vielleicht das hier?" Jemand klopfte mir auf die Schulter und ich fuhr so schnell herum, dass der Mann, der sich als braunhaariger Geigenspieler mit Schiebermütze und Hosenträgern herausstellte, zurückschreckte. In seiner rechten Hand hielt er das Bild – ein Stein fiel mir vom Herzen und am liebsten wäre ich ihm um den Hals gefallen. Aber ich konnte mich gerade noch zusammenreißen.

„Sag mal, ist das nicht die Kellnerin aus dem „Bayou Burger"?" Der Geigenspieler betrachtete das Bild eingehend. Aaron stand nun neben mir und räusperte sich lautstark.

„Ja, genau – weißt du zufällig auch, wo sie wohnt? Wir sind Verwandte aus Europa und sind zum ersten Mal hier", er sprach mit einem harten, kratzig klingenden Akzent, den ich nicht recht zuordnen konnte und für den er sowohl von mir als auch von dem Musiker verwirrte Blicke erntete.

„Europa, ha? Soweit ich weiß, wohnt sie mit ihrer Tochter in der Wohnung darüber!" Der Geigenspieler erklärte uns noch den Weg und wir bedankten uns mit ein paar Münzen. Er tippte noch einmal an seine Mütze und spielte dann weiter.
Als wir weit genug von ihm entfernt waren, musste ich kichern.

„Was für ein Akzent war das denn?"

„Das sollte Deutsch sein, aber ich glaube, es tendierte mehr zu Russisch", Aaron verzog das Gesicht und ich grinste breit. Als er plötzlich erneut nach meiner Hand griff blieben wir gleichzeitig stehen.
Mit seiner freien Hand strich er über mein Kinn, hinauf zu meiner Wange, bis er schließlich meinen Hinterkopf erreicht hatte. Für eine Sekunde konnte ich mich in seinen Augen verlieren, bis Aaron sich zu mir herunter beugte und zuerst sanft seine Lippen auf meine drückte. Doch dann riss sein Geduldsfaden und der Kuss wurde fordernder. Gerade als ich meine Arme um seinen Nacken geschlungen hatte, hörte er auf.

„Na, na, wir sind hier in der Öffentlichkeit, Miss Gardener und müssen diese Frau finden!" Er hatte die Augen geschlossen und die Stirn gerunzelt, so als müsste er sich erst selbst überzeugen. Vorsichtig schob Aaron mich von sich, ohne jedoch meine Hand loszulassen. Erst jetzt öffnete er seine Augen. Mit einem:

„Du machst mich wahnsinnig, Rebecca!", er zog mich die Rue du Bourbon hinab.

„Ist das nicht der Sinn einer Freundin? Sie macht dich wahnsinnig und gleichzeitig darfst du an ihr... Dampf ablassen?", Aaron lachte sein viel zu lautes Lachen, das äußerst selten vorkam und mir mit jedem Mal besser gefiel.

„Dampf ablassen gefällt mir. Und es beschreibt es so gut", er lachte wieder.
Doch ich war ganz still. Wir standen jetzt im „Bayou Burger", einer Sportbar, mit zahlreichen Fernseh-

bildschirmen, einer langen Bar und eng beieinander stehenden Tischen. Die Luft in dem Raum schien stickig und ich hatte auf einmal Probleme zu atmen. Aaron ließ meine Hand los und ich verfluchte ihn innerlich dafür.
Doch dieser Gedanke wurde unwichtig. Denn in dem Moment kam eine Frau mit langen, dunkelbraunen Haaren aus der Küche. Sie trug ein Tablett mit einem Burger und zwei Getränken in der einen Hand und einen kleinen Block, auf dem vermutlich ihre Bestellungen standen, in der anderen und las diese gerade konzentriert. Als sie den Kopf hob und mich direkt ansah, da ich ja vor ihr stand, konnte ich genau den Moment bestimmen, in dem sie mich erkannte. Ihre Augenbrauen schnellten in die Höhe und sie rammte, vermutlich aus Versehen, so stark einen Fuß in den Boden, dass der Burger und die Getränke beinahe auf dem Boden gelandet wären.
Für einen kurzen Augenblick sahen wir uns verstört an. Sie sah genauso aus wie auf den Fotos, schoss es mir durch den Kopf. Was natürlich eine blöde Feststellung war, doch trotzdem hatte ich es nicht glauben können. Ihre Haare waren so viel dunkler als meine, ihr Gesicht war schmal und wirkte irgendwie filigran, während meins so filigran wirkte wie eine Dampflok. Sie sah mir nicht ähnlich.

„Warte", Alexis hatte sich nun wieder gefangen und rauschte schnell zu einem Tisch. Dort lieferte sie ihre Bestellung ab und ging dann zügig wieder auf mich zu.

„Kommt mit!"
Küche, Badezimmer, zwei Schlafzimmer. Und das alles auf kleinstem Raum und äußerst renovierungsbedürftig. Doch die Eindrücke ihrer Wohnung gerieten sehr schnell in den Hintergrund meiner Aufmerksamkeit und wurden durch Alexis bohrenden Blick ersetzt. Sie hatte uns ohne große Worte auf zwei Klappsessel verfrachtet, die neben einem Campingtisch standen und starrte uns unverfroren an.

„Ist Zac hier? Wie habt ihr mich gefunden?" Ich hätte mich am liebsten unter dem Tisch verkrochen. Als Aaron bemerkte, dass ich nicht in der Lage war, zu sprechen, richtete er sich etwas auf und begann mit kalter Stimme zu antworten.

„Nein, ist er nicht, aber vermutlich bald. Wir haben die gefälschten Fotos gefunden und sind so schnell wie möglich hierhergekommen."

„Hat Zac die Fotos gesehen?"

„Kann ich nicht sagen, wir haben die meisten im Elizabeth River verloren."

„Wann war das?"

„Vor etwa drei Tagen."

„Dann ist er so gut wie hier."

Alexis seufzte und starrte nun auf die Tischplatte, als würde sie sie gleich mit einem Beil in Stücke hauen. Nach einer gefühlten Ewigkeit sah sie mir wieder in die Augen und jagte mir einen Schauer über den Rücken.

„Was braucht ihr von mir?", sie trommelte mit ihren Fingernägeln auf ihren Arm.

„Wir wissen, dass Rebecca den Datenträger nicht hat. Zac hat ihn nicht, sein Bruder hatte ihn nicht, also bleiben nur noch Sie übrig", Aaron lehnte sich gespannt nach vor und wäre ich nicht so nervös gewesen, hätte ich vielleicht dasselbe getan. Doch da saß nun meine Mom vor mir und zeigte kein Zeichen mütterlicher Zuneigung oder gar Interesse.

„Wenn ihr deswegen hier seid, muss ich euch enttäuschen. Ich habe ihn nicht. Ich bin doch nicht lebensmüde", sie lachte kurz und trocken auf.

„Was?" Zugegeben, es klang krächzend, doch zumindest konnte ich wieder sprechen.

„Naja, Zac würde das doch erwarten oder? Ich dachte mir, sobald er dich gefunden hat, wird er merken, dass du ihn nicht hast und die nächstes auf seiner Liste wären ja wohl ich und Sascha, doch er wird auch wissen, dass ich den Datenträger zwar versteckt habe, ihn jedoch nicht

in meiner Nähe behalte, denn das wäre nicht meine Art – viel zu unsicher. Daher wird er weitersuchen und falls er doch kommen sollte, hätte ich es durch deinen Tod erfahren". Alexis zuckte mit den Achseln, als würden ihr solche Gedankengänge bei jedem Bereich ihres Lebens durch den Kopf gehen. Sie war noch paranoider als Zac – falls das überhaupt möglich war.
Ich hatte ja mit meinen Eltern echt die Arschkarte gezogen!

„Ihr seht so aus, als hätte euch ein Rino mehr als einmal plattgetrampelt. Erzählt mal, was passiert ist." Alexis stand auf und lehnte sich an das Fensterbrett. Erwartungsvoll starrte sie mich an, doch erneut war ich sprachlos, denn ich wusste, würde ich jetzt sprechen, würde ich in Tränen ausbrechen und Alexis sah nicht so aus, als würde sie das sonderlich schätzen. Auch konnte ich ihr nicht mehr in die Augen sehen, also starrte ich die Wand an. Keine gute Idee – da hingen Bilder von ihr und … *ihr*.
Dieses Gefühl, zu wissen, dass die Person auf den Bildern meine Zwillingsschwester war, ich jedoch nichts von dieser berühmten Zwillingsbindung spüren konnte, sondern nur nagende Eifersucht. Unsere Mutter hatte sie mir vorgezogen und es war, als hätte jemand in meine Brust gegriffen und mein Herz mit aller Kraft zusammengedrückt.
Alexis gab ein genervtes Stöhnen von sich.

„Ich bin mir sicher, dass Davy dich zu einer starken Persönlichkeit erzogen hat, die trotz allem noch im Stande ist, einen ordentlichen Satz hervorzubringen und nicht wegen jeder kleinen Krise sofort die Nerven über Bord wirft!" Der Spott troff beinahe aus jeder Silbe. Das brachte mich auf den Boden der Tatsachen zurück – und zwar prompt und brutal.

„Erzähl mir du nichts über eine starke Persönlichkeit! Du bist die Frau, die sich seit Jahr und Tag hier versteckt, du bist die Frau, die kaltherzig zwischen ihren Kindern entschieden hat und du bist die Frau, die meine Eltern auf dem Gewissen hat!", mein Gebrüll konnte man zwar vermutlich sogar noch in Baltimore hören, doch ich konnte mir in dem Moment nichts vorstellen, was mich weniger kümmerte. Ich war aufgesprungen und so standen wir nun Nase an Nase da, doch obwohl ich sie ein ganzes Stück überragte, wich sie nicht zurück. Stattdessen sah sie mich verachtend an.

„Ich hatte mehr von Davys Erziehung erwartet – aber du bist stur, naiv und verwöhnt-"

„Sein Name war Finn!"

„Nein, Finn Gardner war ein Soldat aus der Army, der im Einsatz sein Leben ließ. Er hatte keine Familie, also war es sehr einfach, seine Identität zu stehlen und somit euer Leben von Zacs abzuspalten, also…"
Bevor ich sie warnen konnte oder mich irgendwie davon abbringen konnte, schlug ich ihr ins Gesicht – flache Hand, nicht Faust. Doch für eine Sekunde schien sie sich unseres Größenunterschieds bewusst zu werden. Sie öffnete erstaunt den Mund, doch da hörten wir einen Schlüsselbund an der Tür rasseln.
Alexis reagierte sofort und zog mich zu einem Einbauschrank in der Küche. Sie riss ein paar Kartons aus dem untersten Fach, riss die Wand dahinter heraus und bedeutete mir, hineinzuklettern, was ich ohne zu zögern tat. Gerade rechtzeitig schob sie das Holzbrett und die Schachteln wieder zurück, als ich schon eine Stimme im Wohnzimmer hörte.

„Bitte sag mir, dass du nicht mein schwuler Cousin aus Denver bist!" Ihre Stimme war meiner nicht unähnlich, weshalb ich sofort erkannte, wer gekommen war.

„Sascha! Hast du heute Nachmittag nicht Schwimmtraining?", ihre Stimme klang so warm und freundlich, dass ich das Gefühl bekam, dass Alexis mir ihr mütterliches Verhalten unter die Nase reiben wollte. Apropos Nase: mein kleines Versteck roch entsetzlich nach Spirituosen und es war stockdunkel.

„Ne, Will ist krank und Matt kann nicht einspringen, seine kleine Tochter hat heute so ein Fest im Kindergarten. Und jetzt sag mir bitte, dass vor mir mein verfrühtes Weihnachtsgeschenk steht!"
Von wegen ich war verwöhnt!
„Tut mir Leid, Schatz, aber das ist dein schwuler Cousin aus Denver. Er macht in New Orleans Urlaub und wollte nur mal Hallo sagen."
„Hätte ich mir denken können, die betont maskuline Kleidung hat noch nie als Tarnung gewirkt, versuch es mit etwas Dezenterem, wenn du dich noch nicht outen willst."
In meinem Kopf bildete sich ein Bild von der Szene da draußen und bei dem Gedanken an Aarons verblüfften Gesichtsausdruck musste ich all meine Selbstbeherrschung aufbringen, um nicht laut zu lachen. Aber schon einen Augenblick später fiel es mir nicht mehr schwer, nicht zu lachen.
Die Tür flog erneut auf, landete krachend an der Wand und ich hörte die Schritte mehrerer Leute, die in den Raum stürmten.
„Aaron Rabin! Hände über den Kopf, dort, wo ich sie sehen kann!", brüllte eine raue Männerstimme. Alarmiert fing ich an, gegen die Holzplatte zu schlagen, doch Alexis hatte etwas Schweres davor gestellt, sodass ich in dem engen Loch eingesperrt war. Die lauten Geräusche, die die Stiefel verursachten übertönten mich. Hatte sie das alles geplant!? Sie hatte uns verraten! Irgendwie irritierte mich dieser Gedanke gewaltig!
Ein leichter Anfall von Klaustrophobie ergriff mich und ich schlug nun weniger zielgerichtet und mehr panisch gegen das Brett, während draußen ein kurzer Kampf hörbar wurde, der mich erneut übertönte.
„Wo ist Rebecca Gardner?" Beim Klang meines Namens hörte ich auf, auch im Zimmer draußen wurde es ruhig.

„Schon lange weg. Wir haben uns aufgeteilt.", Aaron klang, als hätte er Schmerzen beim Sprechen. Ich ballte meine Hände zu Fäusten, um meine Wut zu kanalisieren. Egal wer ihm wehgetan hatte, ich verspürte das Bedürfnis der Person ins Gesicht zu schlagen. Und die Nase zu brechen!

„Wir haben euch zusammen hier reinkommen sehen, es hat also keinen Zweck zu lügen, Junge. Wo ist Rebecca?"

Interessanterweise ergriff Alexis das Wort.

„Sie hat bemerkt, dass ihr ihnen gefolgt seid und sie ist wirklich schon gegangen", sie sprach mit ruhiger Stimme, fast so als würden jeden Tag Männer ihre Wohnung stürmen und dort dann Leute befragen.

„Der ganze Block ist umstellt, Alexis, sie kann hier nicht raus, ohne gesehen zu werden."

„Oh doch, kann sie. Manche Keller im French Quater sind durch Türen und Tunnel verbunden und wenn man eine Waffe an den Kopf meiner Tochter hält, erfährt man von mir alles. Es tut mir leid Agent, doch Mütter beschützen ihre Kinder nun mal!"

Hätte sie auf den Schrank gezeigt und geschrien „Da ist sie – erschießt sie!" hätte das nicht annähernd so gesessen wie das eben Gehörte. Wenn das eine indirekte Entschuldigung sein sollte, war es eine denkbar schlechte, in Anbetracht der Tatsache, dass sie die Agents gerufen hatte.

„Das verlängert zwar die ganze Mission, jedoch wird es uns nicht stoppen! Und dich, mein Freund, nehmen wir jetzt mit. Wir werden dir ein Einzelzimmer mit Vollpension beschaffen und dich dann ein bisschen über deinen ausgearteten Road Trip befragen, okay?" Ich vernahm das Geräusch von einrastenden Handschellen, einen dumpfen Laut, wie ein Schlag gegen die Rippen und Aarons unterdrücktes Stöhnen.

Dann trampelten mehrere Leute die Treppe zum „Bayou Burger" hinunter und es war wieder still. Als ich ganz sicher war, dass kein Agent mehr da war, hämmerte ich wieder gegen die Holzplatte und bekam sie in meiner Wut sogar selbst auf. Ich stieß die Kartons achtlos zur Seite und kam aufgebracht auf die Beine.

„Wo sind sie hingefahren?" Vielleicht war es nicht fair, die verdutzte Sascha so anzubrüllen, doch sie stand nun mal am Fenster.

„Du kannst jetzt nicht gehen!", Alexis griff nach meinem Arm, doch ich wich angeekelt zurück.

„Und du hast kein Recht, dich jetzt um mich zu sorgen!", zischte ich.

„Da draußen können immer noch Agents sein. Ich denke nur praktisch." Sie lehnte sich mit verschränkten Armen an die Küchentheke. Sascha starrte mich ungeniert an.

„Mama, wer ist das? Und seit wann beherbergen wir Verbrecher?"

„Immer schon", knurrte ich mit einem Seitenblick auf Alexis.

„Mach kein Drama daraus, Kleine. Das ist alles nur zu eurem Schutz passiert", genervt rollte sie mit den Augen.

„Du bist eiskalt", spuckte ich ihr entgegen.

„Es ist dieser Kälte zu verdanken, dass du, Robin und Aaron noch am Leben seid!" Wenn sie schrie, war sie genauso furchteinflößend wie mein Vater – Finn. Doch in den vergangenen Tagen war mir Schlimmeres passiert. Ich setzte zu einer beleidigenden Antwort an, als mir die Ungereimtheit auffiel.

„Ich und Robin? Ich dachte, sie heißt Sascha?" Ich zeigte auf meine verdatterte Zwillingsschwester.
Alexis sah mich an, als würde sie mich für total bescheuert halten, doch dann schien sie eine Erleuchtung zu haben.

„Du denkst immer noch, du bist Robin", es war eine Feststellung, doch ihre Gesichtszüge entspannten sich zum ersten Mal, seit ich sie sah.

„Rebecca… Gott, ich hatte nie gedacht…", sie legte sich nachdenklich eine Hand an die Wange.

„Robin und Sascha sind eineiige Zwillinge!" Ich sah zu Sascha, als es mir wie Schuppen von den Augen fiel. Ich sah ihr noch nicht mal annähernd ähnlich!
Meine Knie gaben nach und ich knallte mit dem Rücken gegen die Wand hinter mir. Mit dem Aufprall schien sämtliche Energie aus meinem Körper gewichen zu sein. Ich sank auf den Boden und saß da, wie eine Marionette, der man die Fäden abgeschnitten hatte. So fühlte ich mich auch – als wäre ich eine Puppe, die man irgendwann aufgeschnitten und mit einer Füllung aus Lügen bis oben hin ausgestopft hatte. Diese Lügen schienen mich von innen heraus aufreißen zu wollen.

„Und ich dachte, dass ich endlich alles wissen würde. Endlich war da kein Loch in meiner Vergangenheit. Aber es war eigentlich nur noch größer als erwartet...!", meine Stimme versagte.
Das war nun wirklich alles zu viel für mich. Ich konnte diese neuen Informationen nicht verarbeiten, sie passten einfach nicht in meine Vorstellung.

„Dein Name war Rosalie." Ich sah auf, nur um verwundert festzustellen, dass sich eine Träne auf Alexis Wange geschlichen hatte. Sie sah mich nicht an, als sie weitersprach.

„Deine Mom, Elizabeth Barks, war etwas jünger als ich und kam aus Seattle. Du hast mit ihr im Haus nebenan gewohnt. Sie war Köchin und nahm immer Reste aus dem Restaurant mit, in dem sie gearbeitet hat – für euch beide war es zu viel, also brachte sie auch für uns etwas mit. Wir hatten uns zuvor schon im Krankenhaus bei einer Fortbildung für Eltern mit herzkranken Kindern kennengelernt und wir wurden so etwas wie Freunde. Wenn sie arbeiten musste, passte ich anstatt einer Nanny auf dich auf. Dein Vater hat Elizabeth verlassen, kurz nachdem sie schwanger wurde. Wie die meisten alleinerziehenden Mütter, war sie überfürsorglich, doch zu ihrem Unglück nicht nur mit dir", sie wischte sich grob die Träne von der Wange, holte tief Luft und fuhr dann fort.

„Zacs und meine kleine Familie wuchsen ihr sehr ans Herz und sie wurde beinahe etwas zu anhänglich, da sie außer uns niemanden kannte.
Eines Abends stritten ich und Zac uns lautstark – zu diesem Zeitpunkt war er schon mehr als paranoid und trug immer eine Waffe bei sich – sie hörte es und harmoniebedürftig, wie sie war, kam sie rüber. Beth war oft bei uns, sie kam deshalb aus Gewohnheit einfach herein. Jedoch hielt Zac sie für einen der Männer, die damals auf ihn angesetzt worden waren, er nahm die Pistole und…", sie musste tief Luft holen, dann sank sie vor mir auf die Knie und griff vorsichtig nach meinen Schultern, wie um mich aufrecht zu halten. Ich ließ es zu.

„Das war ein fürchterlicher Unfall. Neben Fae war sie meine einzige Freundin und du kannst dir nicht vorstellen, wie oft ich mich nach ihrem Tod in den Schlaf geweint habe."

„Komm auf den Punkt, ich brauche deine Heucheleien nicht!" Meine Stimme war erschreckend tonlos, selbst Alexis schien überrumpelt. Doch das schien sie aus ihrem sentimentalen Moment heraus zu reißen. Sie nahm Haltung an und ihre Miene fror sichtbar ein.

„Wie gesagt, ich denke praktisch. Der ursprüngliche Plan war, den Datenträger Robin einzupflanzen und dann zu fliehen. Aber mir war klar, dass Zac das vermuten könnte, also musste ich sie beschützen. Nach der Implantation würde alles sehr schnell gehen: Fae und Davy würden Robin einfach mitnehmen und ich Sascha. Unter diesen Umständen würde Zac uns sehr schnell finden, doch ich schlug einen dritten Weg ein: Elizabeths Eltern würden ihre verwaiste Enkelin abholen – eine Enkelin, die sie noch nie zuvor gesehen hatten! Ohne deine „Eltern" einzuweihen, vertauschte ich dich und Robin. So war meine Tochter vor ihrem verrückten Vater sicher und der würde anstatt sie, dich finden."

„Man nehme die mittelalterliche katholische Kirche, sämtliche adeligen Familien aus dieser Zeit, die Regie-

rung jedes Staates dieser Erde und trotzdem könnten sie dich nicht an Korruption und Verlogenheit übertreffen."
Etwas in mir hatte begonnen zu akzeptieren. Ich akzeptierte meinen unverdienten Part in dieser Geschichte und mit dieser Akzeptanz bekam ich neue Stärke. Was nützte es mir, wenn ich mich von meiner Vergangenheit malträtieren ließ? Ich konnte sie nicht umkehren, also beschloss ich, nie wieder ein Wort darüber zu verlieren und weiter zu machen.

„Ich habe niemals behauptet, eine nette Person zu sein und meine Freundlichkeit gilt in der Regel nur denen, die mir später von Nutzen sein könnten. Du kannst mich also beleidigen, so viel du willst, es wird mir keine Tränen mehr in die Augen treiben!" Die Hände unverkrampft, die Gesichtszüge kalt und entspannt hätte sie gerade auch die Nachrichten von einem Teleprompter ablesen können.

„Hast du schon mal an eine Karriere als New – Anchor gedacht? Du könntest von einem Hannibal- Lektor-artigen Überfall auf ein Kriegswaisenhaus berichten, ohne mit der Wimper zu zucken!"
Keine Reaktion – es war beinahe schon langweilig. Ich schnitt ihr eine Grimasse und stand auf. Da ich keine blassen Schimmer hatte, was ich sagen, fragen oder tun sollte, stellte ich mich ans Fenster und starrte hinaus. Ich ließ die letzten paar Wochen auf einer Leinwand in meinem Kopf abspielen.
Erschrocken musste ich feststellen, dass ich so wenige Fragen gestellt hatte, dass es beinahe schon lebensmüde war. Mit dem Kopf voran war ich allem entgegen gelaufen, solange Aaron irgendwo neben mir gewesen war. Aber nun war ich auf mich gestellt und hatte keine Ahnung, wie ich weitermachen sollte.

„Du weißt nicht, was du tun sollst, oder?"
Als ich die Verachtung in ihrer Stimme hörte, war es, als würde eine Barrikade in meinem Gehirn niedergerissen werden. Auf einmal sah ich alles klar vor mir. Ich musste

lächeln, bei dem Gedanken an diese simple Lösung meines Problems.

„Du hast ja keine Ahnung!"

Vor 14 Jahren

Alexis sah zu, wie das Auto durch die Leitschienen brach und in den Fluss fiel. Sie zögerte keinen Augenblick, sondern sprang direkt hinterher. Dies war vielleicht etwas unbedacht, denn der Sog des Wagens machte ihr das Tauchen schwer. Kurz erfasste sie Angst, ebenfalls zu ertrinken, doch dann kam das Auto am Grund des Flusses an und sie war wieder Herr über ihre Bewegungen.
Schnell schwamm sie darauf zu und zog den kleinen Hammer aus dem Halfter, in dem sie normalerweise Harpunen aufbewahrt hatte.
Alexis holte aus und schlug ein Fenster der Rückbank ein. Wasser strömte füllte den Wagen und das kleine Mädchen war schon ohnmächtig. Mit einer geübten Bewegung schnitt sie ihren Gurt durch und riss sie an sich. Es war für sie selbst sehr merkwürdig, doch ihre Angst, sie könnte dem Mädchen nicht mehr helfen, war genauso groß wie damals, als Robin ihren ersten Eingriff hatte. Sie schüttelte den Gedanken ab und brachte den zweiten Schlauch ihrer Sauerstoffflasche an. Da ergriff etwas ihren Arm. Sie fuhr herum und erkannte Davy, der noch bei Sinnen war und sie mit großen Augen anstarrte. Er konnte sie nicht erkennen, dafür sorgte der Neoprenanzug und dafür war Alexis sehr dankbar, denn sie drückte ihm nur das Messer in die Hand und tauchte dann zurück an die Oberfläche. Die Kleine in ihren Armen atmete flach und sie spürte den unregelmäßigen Rhythmus ihres Herzens kaum noch. Wieder erfasste sie dieser Beschützerinstinkt, als sie am Ufer ankam und das Mädchen vorsichtig ins Gras legte.
Ungeduldig sah sie zur Straße hinüber, doch sie konnte den Rettungswagen, den sie vorsorglich gerufen hatte weder hören noch sehen. Sie zog ihren Neoprenanzug aus und nahm auch der Kleinen das Mundstück der Sauer-

stoffflasche ab. Alexis versteckte die Sachen schnell und kehrte dann an die Seite des Mädchens zurück.
Sanft strich sie ihm die nassen Strähnen aus dem Gesicht und betrachtete es. Sie war ihrer Mutter wie aus dem Gesicht geschnitten, obwohl sie noch so klein war. Selbst in diesem Zustand sah man dieselbe Liebenswürdigkeit wie Beths und ihr Mitgefühl in diesen Gesichtszügen. Mit einem Mal fühlte sie sich schlecht – die Gefahr, der sie dieses Kind aussetzte, würde sie zerbrechen und dabei hatte sie nichts falsch gemacht.
Und für einen Augenblick fing sie an, an einem neuen Plan zu arbeiten. Doch da hörte sie hinter sich ein Platschen im Wasser. Davys dunkler Haarschopf erschien an der Oberfläche, nahe der Böschung, doch tauchte beinahe augenblicklich wieder unter. Alexis rannte widerwillig auf den Fluss zu und zog ihn heraus. Als sie sicher war, dass er atmete und nicht wieder ins Wasser rutschen würde, ging sie zu der Kleinen zurück und hörte in der Ferne die Sirenen des Rettungswagens. Hastig, denn sie hatte nur mehr wenig Zeit, kniete sie sich noch einmal neben das Mädchen: „Auf Wiedersehen." Und dann fügte sie noch schnell hinzu: "Es tut mir leid; aber es geht nicht anders."
Mit diesen Worten verschwand sie im Dickicht und beobachtete die Sanitäter, die zu dritt aus dem Wagen sprangen. Einer von ihnen rannte schnurstracks zu der Kleinen, die anderen beiden trugen Davy zum Wagen.

„Wir sind gerade rechtzeitig gekommen – die Kleine hat noch eine Chance. Bringt mir eine Trage!"
Alexis wandte sich ab und lächelte beruhigt.

„Ich bin mir sicher, dass ich wieder von dir hören werde, Rosalie."

Kapitel 13

J hatte sich weder gemeldet, noch mich gefunden – ich hatte auf mein Bauchgefühl vertraut und nach einem Blick auf eine Karte der Umgebung war ich mir sicher, ihn in einem der verlassenen Hafengebäude zu finden. Sie waren zahlreich, doch nicht jedes davon kam in Frage. Schlussendlich konnte ich es auf eine Lagerhalle beschränken, und zwar die, die von jeglicher Nachbarschaft am weitesten entfernt war.
Ich kam dort in der Dämmerung an und konnte in dem schwachen, orangenen Licht noch einen Blick auf die mit Graffiti geschmückte Fassade werfen. Es erinnerte mich an die Streetart - Gegenden von London. Die kannte ich zwar auch nur von Bildern, aber bevor ich hinein ging, schwor ich mir, das zu irgendwann zu ändern.
Schwer atmend und mit schwitzenden Händen stieß ich die losen Drahtmaschengitter aus dem Weg und machte einen ruckartigen Schritt vorwärts. Zügig, meinen Blick an die Tür geheftet, ging ich geradeaus, denn ich wusste, wenn ich auch nur die kleinste Möglichkeit bekam, an einen Ausweg zu denken, würde ich sie ergreifen.
Ohne zu zögern schob ich auch die Tür zur Lagerhalle auf, nur um mich kurz darauf von undurchdringlicher Schwärze umschlossen wiederzufinden. Meine Hand lag schon an meiner Taschenlampe, die ich Alexis geklaut hatte, als ich es mir anders überlegte. Lautlos ging ich ein paar Schritte von der Tür weg. Die Hände vor dem Mund zu einem Trichter formend und mich zur Seite drehend fing ich an, nach ihm zu rufen.

„J! Ich weiß, du bist hier, also schalt mal schnell das Licht an!"
Zum Glück funktionierte mein kleiner Trick, denn als ein paar Funken aufleuchteten, war es tatsächlich J, der seinen altmodischen Revolver abgefeuert hatte. Er hatte

mich weiter rechts eingeschätzt, als ich eigentlich gestanden hatte.

Obwohl ich es erwartet hatte, erschrak ich höllisch und ein fieses Stechen jagte durch mein Herz.

J schaltete das Licht an und sah ziemlich enttäuscht aus.

„Zu blöd. Jetzt habe ich meine Wette verloren." Er stand auf einer beweglichen Plattform, etwa zehn Meter über meinem Kopf.

„Deine Wette? Und was ist der Einsatz?" Mein Herz raste wie verrückt. Wäre mein Herzschrittmacher nicht auf meine sportlichen Aktivitäten eingestellt gewesen, läge ich zum jetzigen Zeitpunkt schon halbtot am Boden.

„Es ist eigentlich keine Wette – mehr so etwas wie ein Gentlemen-Agreement. Wenn ich es nicht schaffe, dich im Dunkeln zu töten, mache ich es eben mit Licht!" J betrachtete zuerst seinen Revolver, dann mich, um den Lauf der Waffe auf mich zu richten.

„Vermutlich sagst du mir jetzt, dass ich das nicht tun sollte," er sah beinahe amüsiert aus.

Doch anstatt Hass, Wut oder Angst verspürte ich Triumph. Dieses Gefühl spiegelte sich offenbar in meinem Gesicht wieder, denn J zog irritiert die Augenbrauen zusammen.

„Du solltest das tatsächlich nicht tun. Denn mittlerweile weiß ich, dass du an meinem Herzschritt-macher keinen Datenträger finden wirst."

Ich wartete, doch er ließ die Waffe kein Stück sinken.

„Selbst wenn dem so wäre, wieso sollte ich dich nicht trotzdem erschießen?"

„Du scheinst nicht überrascht zu sein," stellte ich fest.

„Ich kenne die Methoden meiner Frau."

„Ach ja? Na jedenfalls bin ich, nachdem Aaron vom FBI oder sonst wem geschnappt wurde, die einzige Person, die den aktuellen Aufenthaltsort des Chips kennt. Wie hast du das eigentlich mit dem FBI hingekriegt? Alexis hatte mir geschworen, dass sie es nicht war, ... also, wie hast du's gemacht?" Ich war so angespornt durch den Gedanken, endlich in dieser ganzen Geschichte die Oberhand zu haben, dass ich mich beinahe provokant lässig gab.

„Sie kennen Aaron und ich habe ihnen erzählt – als anonymer Informant versteht sich – er hätte die Seiten gewechselt und außerdem haben sie euch sowieso verfolgt. Würdest du jetzt bitte weitersprechen, meine Geduld und mein Zeigefinger haben einen heftigen Streit und es sieht so aus, als würde der Finger gewinnen!"

„Gerne. Ich schätze, du willst wissen, wo sich der Datenträger befindet – ganz genau weiß ich das auch nicht, aber ich weiß, wer ihn hat."

Wieder legte ich eine Künstlerpause ein.

„Und wer zur Hölle hat ihn, wenn nicht du?"

„Deine Tochter." Damit hatte ich ihn kalt erwischt. J begann seine ruhige Überlegenheit aufzugeben:

„Willst du mich verarschen?"

„Keineswegs!"

„Dann fang an ins Detail zu gehen!", jetzt brüllte er und ich sah ungerührt auf meine Uhr.

„Du hast zwei Töchter. Eine gesunde und eine weniger gesunde, Sascha und Robin. Eine von ihnen - Tipp: es handelt sich hierbei um deine kranke Tochter - hat die Daten. Hier kommt Alexis' Masterplan ins Spiel. Sie hat es so inszeniert, dass du und auch Finn und Fae glaubten, dass ich dieses Mädchen bin – dein kapitaler Denkfehler hierbei: du hast nie angezweifelt, dass das stimmt. Aber – und du kannst dir nicht vorstellen, wie glücklich mich der folgenden Satz macht – ich bin nicht eine von deinen Töchtern!"

Zum ersten Mal in unserer Konversation verlor er die Kontrolle über seine Gesichtszüge. Seine Augen wurden riesig und die Kinnlade fiel ihm herunter. Es sah so lustig aus, ich konnte ein Lachen kaum zurückhalten.

„Weißt du, was so lustig ist? Du hast zu mir gesagt, du würdest mich erschießen, obwohl ich deine Tochter bin. Aber die Vorstellung, *dich* zu töten, hat mir den Ma-

gen umgedreht. Weil du mein Vater warst. Ich erwarte nicht, dass du das verstehst, da du ja nicht adoptiert worden bist und deine gestörte Persönlichkeit dieses Verstehen wahrscheinlich gar nicht zulassen könnte. Aber jetzt sieht die Sache ganz anders aus!"
Damit griff ich in die Innentasche meiner Jacke, zog Alexis´ kleine Handfeuerwaffe, drehte mich um und schoss auf den Sicherheitskasten.
Der Strom fiel aus und was ich gehofft hatte, passierte. Ich hörte, wie die Plattform, auf der J stand, herunter raste und mit einem lauten Krachen aufschlug.
In der Dunkelheit tastete ich mich nach draußen, ohne auch nur einen Gedanken an die Leiche hinter mir zu verschwenden.
Und dort wurde ich schon von Scheinwerfern und schreienden Männern mit kugelsicheren Westen und Waffen erwartet. Bereitwillig hob ich die Hände, den Revolver hatte ich in der Lagerhalle zurückgelassen. Von Waffen hatte ich ein Leben lang genug.
Man brachte mich ins Hauptquartiert des FBI, wo ich zuallererst zu einem Arzt gebracht wurde. Er untersuchte meine Hand, doch da war nicht mehr viel zu retten. Er sagte mir, sobald sie vollständig verheilt sei, würde ich meine Finger nur mehr eingeschränkt bewegen können und um die Stimmung etwas aufzuhellen, murmelte er, ich könne nun halt keine Reckturnerin mehr werden. Ich lachte, obwohl es nicht lustig war, denn ich hoffte, ihn so schneller loszuwerden und zu Aaron zu kommen.
Doch der Arzt stellte auch fest, dass ich unterernährt und dehydriert war und verordnete mir zuerst etwas zu essen. Also wurde ich in eine Zelle gebracht, auf dem Weg dorthin hielt ich vergeblich nach Aaron Ausschau. Das Essen, das man mir brachte, war besser, als ich erwartet hatte. Ich schlang es trotzdem ohne großen Genuss hinunter. Aber auch dann durfte ich nicht erfahren, wo sie Aaron versteckten.

Zwei Agents holten mich nach etwa drei Stunden wieder ab und brachten mich in das oberste Stockwerk. Dort liefen weniger Menschen herum, als in dem Stockwerk des Arztes, doch die Leute, die da waren, starrten mich mit großen Augen an.

„Wollt ihr ein Autogramm?", fragte ich halbherzig, als ich des Starrens müde wurde. Mit gesenkten Köpfen zerstreuten sich die Leute wieder.

Wir waren nun vor einer breiten, zweiflügeligen Holztür mit schlichten Aluminiumgriffen, die einer der Agents öffnete. Dahinter befand sich ein Büro, das so aussah, als hätte man hier einen Schauraum für Büromöbel in einem Möbelhaus eingerichtet. Es war sauber, ordentlich und riesig. Die hintere Wand war vollkommen verglast und ein Schreibtisch mit zwei großen Ledersesseln, die sich gegenüber standen, stand nur wenige Meter davon entfernt. In einem der Sessel saß jemand und dieser jemand blickte auf die Stadt unter sich.

„Lasst uns allein!" Die Stimme klang alt aber bestimmt. Die Agents gingen und schlossen die Türen hinter mir. Ich zögerte nicht, sondern setzte mich direkt in den zweiten Stuhl und wartete.

„Haben Sie in letzter Zeit die Nachrichten gesehen?" Die Person, der die alte Stimme gehörte – ein Mann, soviel wusste ich – drehte sich nicht um.

„Nein, Sir."

„Nun, dann muss ich Ihnen wohl alles erzählen. In Franklin gab es eine Schießerei in einem kleinen Café. Augenzeugen berichten von einem Teenager-Paar, das von einem Mann bedroht wird, der Junge jedoch erschießt den Angreifer und flüchtet dann mit seiner verängstigten Partnerin. Man findet heraus, dass es sich bei dem Pärchen um Schüler der ortsansässigen ISSL handelt. Noch am selben Tag explodiert ein Wohnhaus in Baltimore, das darin lebende Ehepaar – die Adoptiveltern des Mädchens, wie sich herausstellt – fallen dem Anschlag zu Opfer."

Ich zog scharf Luft ein und Tränen schlichen sich in meine Augenwinkel.

„Sie wussten das noch nicht?" Er fragte zwar, jedoch klang es mehr wie eine Feststellung.

„Nein, Sir, aber ich habe es vermutet, befürchtet." Ich wischte die Tränen weg und atmete ein paar Mal tief ein und aus. Zeit zum Trauern hatte ich später!

„Es folgen ein paar scheinbar unauffällige Autodiebstähle. Der nächste Anschlag galt einer Schiffswerft in Norfolk. Die Überwachungskameras auf dem Parkplatz vor dem Wireless Pavillion in Portsmouth zeigen uns ein Teenager-Paar, das zwar auf den ersten Blick nicht auf unsere Beschreibung passte, doch dank der Arbeit unserer Computertechniker waren wir uns bald wieder sicher, dass sie es waren. Allerdings verloren wir von dort an ihre Spur, denn sie stiegen in einen Wagen ein, den wir erst in North Carolina wieder fanden, doch da war dann jede Spur der Teenager verloren. Jedoch erreichten uns Berichte von Schießereien, die, wenn man sie auf einer Karte markierte, eine klare Linie bildeten. Als wir eine Videoaufzeichnung einer solchen Auseinandersetzung in die Hände bekamen, erkannten wir einen ehemaligen Kollegen wieder, den ich vor Jahren unehrenhaft entlassen musste. Mit seiner Identität konnten wir auch den Namen des Jungen herausfinden und hefteten uns so an seine Fersen, um die Teenager zu finden. Langsam wurde mir auch klar, worum es in der ganzen Sache ging, also postierte ich um die Wohnung einer Frau, die sich im Zeugenschutzprogramm befindet, mehrere Wachen. Als wir auch noch einen anonymen Tipp bekamen, war ich mir meiner Sache ziemlich sicher. Nach der Sichtung unserer Subjekte erteilte ich sofort den Befehl zuzugreifen. Doch das Mädchen war nicht mehr da – es hatte sich in Luft aufgelöst. So konnten wir nur den Jungen befragen, der uns erst widerwillig aber schließlich doch die ganze Geschichte erzählte.

Nur zwei Tage später wurde das Mädchen dabei gesehen, wie es aus der Wohnung unserer Schutz-befohlenen kam, doch ich wartete diesmal mit einem Befehl. Wir verfolgten sie bis zum Hafen, wo sie in eine Lagerhalle ging und schon nach einigen Minuten wieder herauskam, die Hände erhoben und es schien nicht überrascht uns zu sehen!"
Der Mann drehte sich endlich zu mir um. Er war vermutlich Mitte sechzig, hatte aber volles, weißes Haar und ein von Sorgenfalten geprägtes Gesicht. In der einen Hand hielt er eine Tasse Tee, in der anderen die Untertasse dazu. Seine Augen waren dunkel, doch es war ein Funke in ihnen, der jeden belehren sollte, ihn trotz seines Alters nicht zu unterschätzen.

„Verraten Sie mir, Miss Gardner – oder lieber Miss Barks?", fragend hob er eine Augenbraue.

„Ich weiß noch nicht, wie ich mich nennen werde."

„Gut, dann einfach Miss. Bitte verraten Sie mir, wo sich der Datenträger befindet."
Erwartungsvoll sah er mich an. Ich atmete tief ein.

„Es tut mir leid, Sir, doch das kann ich nicht tun."
Seine zweite Augenbraue schnellte ebenfalls in die Höhe.

„Und darf ich erfahren, wieso?"

„Zum einen, weil ich nicht *weiß*, wo er ist. Ich habe eine Vermutung, doch die werde ich nicht teilen. Und zum anderen, weil die Herausgabe dieser - übrigens veralteten Informationen - unzählige Zivilisten das Leben kosten könnte. Und zwar durch die – mit Verlaub – zeitweise unbedachten Handlungen amerikanischer Truppen, die oft nur auf Vermutungen hin ihren Krieg gegen den Terror führen, bei solchen Aktionen aber viel zu häufig Zivilisten töten. Doch das ist genauso verwerflich wie die Hexenverbrennungen von Salem. Ich sage nicht, hören Sie auf, gegen den Terror zu kämpfen. Ich sage nur, lassen Sie sich durch Ihren erbitterten Kampf nicht in Terroristen verwandeln. Gehen Sie bedachter vor und Sie werden bessere Ergebnisse erzielen."
Wir schweigen uns eine lange Zeit an.

Er trank in einem nervenaufreibend langsamen Tempo seinen Tee und beobachtete mich über den Tassenrand hinweg. Schließlich stellte er die Tasse weg und verschränkte die Hände.

„Ich denke, dass ich Ihnen Papiere unter dem Namen Rebecca Barks verschaffen könnte. Ist das für Sie in Ordnung?"
Ich nickte.

„Gut. Der Junge wartet draußen vor dem Gebäude."
Ohne mich zu verabschieden, erhob ich mich und lief nach draußen. Mit dem Lift hielt ich mich gar nicht erst auf, sondern ich rannte die Stiegen hinunter.
Die Sicherheitsleute und Metalldetektoren ignorierend sprang ich über die Absperrung und riss die Glastüren auf.
Für New York war ausgesprochen wenig Verkehr, doch das interessierte mich nicht. Ich sah mich um, aber nirgends war ein dunkler Wagen, der von Anzugträgern bewacht wurde oder auch nur irgendeine ähnliche Ansammlung von seriösen Männern, die Aaron bewachten.
Da fiel mir auf der anderen Straßenseite einer dieser Kaffeewagen auf. Und auf einer Bank daneben saß er – zwischen zwei Agenten in Zivil. Sie hielten ihn unauffällig an den Armen fest, doch als ich anfing zu laufen, entdeckte mich Aaron.
Er nahm die Kaffeebecher, die die Agenten in den Händen hielten und warf sie in die Luft. Um sie zu fangen, ließen sie ihn los und Aaron lief mir entgegen. Ich musste lachen und gleichzeitig fiel mir ein Stein vom Herzen. Seit sie ihn in New Orleans geschnappt hatten, hatte ich mir die schlimmsten Horrorszenarien ausgemalt – meine Nerven waren zum Zerreißen gespannt gewesen. Ihn jetzt lachen und seine dunklen Augen nicht mit Sorge überfüllt zu sehen, ließ meine angesammelten Ängste wie Heißluftballons davon fliegen.
In meinem Übermut sprang ich auf ihn zu. Er fing mich auf und ich schlang meine Beine um seine Taille. Aaron

drehte uns ein paar Mal im Kreis, um meinen Schwung auszugleichen. Wir lachten so laut, dass Passanten die Köpfe nach uns drehten, doch zum ersten Mal war mir die Aufmerksamkeit egal.
Meine Hingabe galt Aarons Gesichtszügen, die ich mit meinen Fingern nachzeichnete. Seine Augen taten dasselbe mit meinen, seinen intensiven Blick konnte ich beinahe spüren.
Dann lehnte ich mich zu ihm und küsste ihn entgegen meines Schwungs von vorher unheimlich vorsichtig. Aaron knurrte unzufrieden und vertiefte den Kuss gierig.
Damit war in diesem Augenblick alles perfekt!
Aber dann begann das Schicksal zu blinzeln. Ein Dolch schien mein Herz zu durchbohren, der plötzliche Schmerz raubte mir die Luft. Ich rang nach Sauerstoff, doch das tat nur noch mehr weh. Bevor alles schwarz wurde, konnte ich die beiden Agenten in Zivil auf uns zulaufen sehen.

Es gibt zwei verschiedene Arten, aufzuwachen: nach einem natürlichen oder einem künstlich herbeigeführten Schlaf. Bei letzterem sind die meisten Menschen durch Gerüche und Geräusche verwirrt und ohne Orientierung. Entgegen dem aktuellen Gefühl ist das ein gutes Zeichen. Denn das bedeutet, man ist nicht an den schwarzen Tiefschlaf des Morphiums gewöhnt.
Ich war das schon. Und sofort kam mein Post-Operations-Verhalten an den Tag.
Zuerst: nicht tot – sehr gut. Dann: Herzrhythmus – in Ordnung, aber: Schritt drei: es schlug nicht mit meinem Herzschrittmacher. In dem Moment, in dem ich das realisierte, fing ich wieder an zu fühlen. Und ich spürte den breiten Schlauch in meinem Hals. Meine Augen flogen auf und starrten auf den Wald aus Schläuchen, Kabeln und Gerätschaften. Was war passiert?
Es war niemand sonst im Raum, also tastete ich nach einer „Schwestern-Fernbedienung" wie ich sie nannte.

Doch anders als sonst konnte ich keine finden – ich machte eine Notiz an mich selbst: das war kein patientenfreundliches Krankenhaus!
Schließlich sah ich eine über mir hängen; erleichtert wollte ich danach greifen, aber die Kabel hielten mich wie Würgeschlangen ans Bett gefesselt. Panik und Platzangst fraßen sich in mein Hirn – ich konnte mich nicht verständigen und es war niemand da! Ich konnte ja nicht mal schreien! Ich rüttelte am Rahmen meines Bettes und zerrte an den Schläuchen – ich musste weg, es war zu eng! Es war wie damals, als Alexis mich in die kleine Kammer gesperrt hatte.
Da kam mir ein Gedanke: Wo war Aaron? Ich begann um mich zu schlagen, so gut es ging. Er durfte nicht weg sein! Endlich wurde die Tür aufgerissen und eine Schwester kam herein.

„Bitte beruhigen Sie sich, Miss Barks! Sie werden sich noch selbst verletzten!"
Sie spritzte etwas in meinen Infusionsbeutel, doch das wäre gar nicht nötig gewesen. Denn Aaron war nun mit sorgenerfüllten Augen hereingelaufen und griff nach meiner Hand. Sofort fielen alle Ängste von mir ab.

„Alles ist in Ordnung, Re. Dein Herz hat der mentalen Belastung, der du ausgesetzt warst, nicht mehr Stand gehalten, aber du bist rechtzeitig in ein Krankenhaus gekommen und die Ärzte meinen, mit ihrer neuen Behandlungsmethode hättest du gute Chancen, wieder gesund zu werden", er lächelte erleichtert, als ich ein Nicken andeutete.
Dann schlief ich erneut ein.
Mein Zustand besserte sich zwar langsam, aber doch. Das geschundene Herz, das mich bisher am Leben erhalten hatte, tat es – entgegen der Erwartungen meiner Ärzte – auch weiterhin! Doch Sport jeglicher Art wurde mir verboten. Außer Schach. Die Experten der Klinik rühmten das neue Medikament, welches sie an mir ausprobiert hatten, es schien äußerst gut zu wirken.

Ich aber war mir sicher, dass es mehr Aarons Schuld war, denn kaum war ich aus dem Koma erwacht, hatte er das Nachbarbett bezogen, mitsamt seiner ganzen Rick Riordan Büchersammlung.

„Also Re, ich habe hier sechzehn Bände literarisch sehr wertvoller Texte für junge Erwachsene, „Jugendbücher", wie du sie nennst. Ich werde dir jeden Tag ein Kapitel vorlesen und wenn wir fertig sind, hast du vollständig genesen zu sein, kapiert?"

Das war am Abend nach meiner letzten OP und ich war noch ganz benebelt vom Morphium, daher öffnete ich meine Hand, er legte seine hinein und ich drückte sie so stark wie möglich. Aaron hatte es vermutlich kaum gespürt.

„D'accord", flüsterte ich, zu leise um gehört zu werden. Er schenkte mir sein Lächeln, das man an ihm nur sah, wenn er vorbehaltlos glücklich war.

Mir wurde bei diesem Anblick warm ums Herz und ich konnte die Stimme meiner Mom – Fae – in meinem Kopf hören, die mir sagte, nun sei alles vorbei. Und mit einem Mal fühlte ich, wie die Vergangenheit nichts mehr bedeutete und kein Geheimnis mehr war, vor dem ich mich fürchten musste! Das Einzige, was zählte, war meine Zukunft. Eine Zukunft, in der ich einfach Rebecca Barks war. Mit diesem Gedanken unterschrieb ich auch die Entlassungspapiere des Krankenhauses - Monate später.

Doch es hatten noch nicht alle so abgeschlossen, wie ich.

Als Aaron mich im Rollstuhl aus dem Krankenhaus schob, erwartete uns dort eine Armee von Reportern mit Kamerateams und unzähligen Mikrophonen. Es brach ein Blitzlichtgewitter los und ich hielt mir schützend die Hand vor die Augen, um etwas zu erkennen. Manche der Leute kannte ich aus dem Fernsehen, andere sahen aus wie College Studenten, die für die Zeitung ihrer Uni schrieben.

„Wie fühlt man sich, wenn man in die geheimsten Geheimnisse unseres Landes eingeweiht wird?", fragte eine Reporterin, die in ihrem Aufzug eher an eine Flugbegleiterin erinnerte, als an eine Innenpolitik-Journalistin der „New York Times".

„Als wären einem einige Knochen gebrochen, Kugeln an einem vorbeigerauscht und Herz und Lunge kollabiert!" Einige der anderen Reporter lachten.
Ein Mann, der die ältere Version von Peter Parker hätte sein können, hob zaghaft die Hand.

„Was sagen Sie zu den Anschuldigungen, die gegen Sie erhoben werden?", der Mann sah so verängstigt aus, dass er mir fast leid tat, als Aaron ihn anblaffte:

„Keine weiteren Fragen!"

„Welche Anschuldigungen?", fragte ich laut, um ihn zu übertönen. Eine schreiende Stille breitete sich aus.

„Welche Anschuldigungen?", fragte ich erneut..
Ich sah zu Aaron, der wütend den Journalisten fixierte, der nun stotternd begann, aufzuzählen.

„Gefährdung der nationalen Sicherheit, mitschuldig an den jüngsten Terroranschlägen in Baltimore, Norfolk, Franklin und New Orleans, Mord an einem ehemaligen FBI–Agenten und Identitätsdiebstahl."
Unter normalen Umständen wäre ich wütend geworden. Keine Ahnung, ob es an den Schmerzmitteln lag, oder ob ich mich schlicht weiter entwickelt und mein Temperament nun unter Kontrolle hatte. Aber ich fühlte nur einen merkwürdigen Druck im Magen, als ich antwortete:

„Falls sich irgendjemand durch mich gefährdet fühlen sollte, tut es mir aufrichtig leid, denn in Angst zu leben, ist keine der Erfahrungen, die ich als schön oder gar nett einstufen würde! Aber ich möchte hinzufügen, dass die Terroristen, die auch die Anschläge verübt haben, nicht wegen mir gekommen sind. Sie kamen wegen der Daten, die der ehemalige FBI – Agent Zacharia Chase aus Afghanistan gestohlen hatte. Genau der Mann, der auch – mehrfach, möchte ich hinzufügen – versucht hat, mich zu töten, da er den Datenträger in meinem Herzschrittmacher versteckt glaubte. Der sich da allerdings nicht befand, weil die Daten eigentlich an seine herzkranke Tochter gehen sollten. Und das wiederum konnte nur passieren, weil meine Mutter von eben diesem FBI – Agenten erschossen wurde.

Durch dieses Geschehen wurde Zacharias´ Frau klar, dass ihr Mann verrückt geworden war und sie vertauschte ihr Kind, das den Datenträger haben sollte, gegen mich. Mit Hilfe meiner Adoptiveltern zog sie einen komplizierten Plan auf, um das Ganze zu vertuschen. So endete ich als Zweijährige mit neuem Namen in Norfolk.

Um das Geschehen ordentlich zusammenzufassen habe ich persönlich nur einen Fehler begangen – ich wurde von der falschen Frau geboren!" Ich schloss meine Rede wie ich sie begonnen hatte – ruhig.

Die Leute der Presse machten schweigend Platz, als Aaron mich im Rollstuhl zu einem wartenden Taxi schob. Irgendjemand find an zu klatschen und der Rest fiel jubelnd ein.

„Bring mich hier weg", flüsterte ich, Aaron verstand und das Taxi fuhr schneller.

Vor vier Monaten

Sie war keine ideale Mutter. Alexis kratzte mit den Fingernägeln nervös über die alte Tischplatte. Dieser Gedanke kam ihr sehr oft in letzter Zeit. Und ein ausschweifender Blick durch ihre Wohnung verstärkte diesen Vorwurf nur: Die morschen Dielen, die schmalen, dreckigen Fenster, durch die kaum natürliches Licht in die Räume gelangte, die losen Tapeten und ihr Mangel an Zeit für Sascha waren in keiner Hinsicht optimale Bedingungen, um ein Mädchen großzuziehen.
Aber ein sichereres Versteck hatte ihr das FBI nicht zusichern können. Sie seufzte laut. Damit tat sich ein weiterer Punkt auf ihrer Liste auf: Ihre selbstbezogenen Moralvorstellungen. Sie hatte mit Davy einen Plan ausgearbeitet, er hatte sich auf sie verlassen und trotzdem hatte sie ihn betrogen. Und das FBI. Und Elizabeth Barks.
Alexis vergrub ihr Gesicht in den Händen. Man sollte ihr Sascha wegnehmen. Oder noch besser: Sie gab sie selbst weg, wie Robin und Rebecca.
Rebecca… sie konnte sich keiner anderen Person in dieser Geschichte entsinnen, der sie mehr Schmerzen bereitet hatte. Durch ihren geheimen Austausch wurde ihr eine Rolle zuteil, die sie gar nicht innehatte und trotzdem musste sie Angst und Verfolgung ertragen. Weil sie, mit den besten mütterlichen Absichten, ihre Tochter Robin nicht ans Messer liefern wollte. In dem Moment kam es ihr gerechtfertigt vor, denn schließlich hatte Rebecca keine Mutter mehr, die sie beschützen musste.
Sie war ein Mittel zum Zweck, eine Schachfigur, die sie nach Belieben herum geschoben hatte. Und dabei hatte sie vergessen, dass dieses Mädchen auch Gefühle hatte. Ebenso wie eine „neue" Mom, die sie lieb hatte, doch erst als es zu spät war, hatte sie erkannt, was sie angerichtet hatte.

„Reiß dich zusammen, du weinerliches …!" Ihr fiel kein passendes Schimpfwort ein, also ließ sie den Satz, den sie laut zu sich gesagt hatte, so stehen.
Alexis erhob sich energisch aus ihrem Stuhl und strich sich die zerrauften Haare glatt. Sie sah sich nach ihrer Kochschürze um und nahm sie in die Hand.
Anschließend hinterließ sie Sascha eine Nachricht, dass ihre Schicht im „Bayou Burger" angegangen wäre und wandte sich noch einmal dem kleinen Fernseher zu.
Auf dem Bildschirm erschienen nun Mitarbeiter der Spurensicherung, die eine Bahre aus einem Lagerhaus trugen. Der Leichensack darauf war zwar verschlossen, doch in der rechten oberen Ecke des Bildschirms erschien ein Foto des Opfers.
„Der Tote ist ein ehemaliger FBI – Agent, Zacharia Chase. Es ist noch ungeklärt…"
Mit einer endgültigen Geste schaltete sie den Fernseher aus und ging zielstrebig aus der Wohnung.
Sie war nun Mutter, Witwe und vielleicht auch eine schlechte Person. Aber die Tür zur Vergangenheit war fest verschlossen und sie konnte nur eins tun: Und zwar ihre Zukunft besser gestalten und nie zurückzublicken.

Epilog

Ich fuhr, zwei Jahre nach der ganzen Geschichte, nach Seattle, um die Eltern meiner Mutter ausfindig zu machen. Aaron hatte mich überredet, denn zuerst hatte sich alles in mir dagegen gesträubt. Doch schlussendlich siegte die Neugierde. Es war allerdings noch einige Überzeugungsarbeit notwendig, um Aaron davon abzuhalten, mitzufahren.

Doch da saß ich in Dads altem Pickup vor einer Straße voller Reihenhäuser und rang abermals mit mir. Die Angst, wie sie reagieren würden, war im Moment nicht nur auf dem Vormarsch, sondern hatte mich schon voll und ganz gepackt.

Natürlich hatten Elizabeths Eltern ein Recht auf die Wahrheit und auch ich hatte ein Recht auf meine Familie. Doch ich würde sie alle in ein Leben einweihen, das sie nur führen mussten, wenn ich es ihnen aufzwang. Es fühlte sich nicht richtig an. Wieso fühlte es sich nicht richtig an, Herrgott?! Frustriert schlug ich mit meinen verschwitzten Händen gegen das Armaturenbrett.

„Kann ich Ihnen helfen, Miss?"

Erschrocken fuhr ich in die Höhe. Meine geweiteten Augen richteten sich auf einen älteren Mann, mit weißem Haar, dessen Ansatz schon etwas zurückgewichen war.

„Es tut mir leid, ich hätte sehen müssen, dass Sie in Gedanken versunken waren."

„Nein, nein, mir tut es leid, ich war zu unaufmerksam. Keine gute Angewohnheit.", schwer atmend versuchte ich zu lächeln, doch es misslang kläglich.

„Suchen Sie jemanden? Sie schienen etwas unschlüssig und ich kenne die Gegend ganz gut", hilfsbereit sah er mich an.

Gerade, als ich ihn fragen wollte, ob er Elizabeths Eltern kannte, öffnete sich eine der Haustüren und ein mir bekanntes Gesicht trat heraus.

Zuerst war ich verwundert, doch da fiel mir ein, dass Robin Sascha ähnlich sehen musste – sie waren ja eineiige Zwillinge. Trotzdem war es komisch, sie hier zu sehen. Sie drehte sich im Kreis, entdeckte uns und erst, als Robin auf uns zulief, erkannte ich die Abschlussrobe, die sie trug. Zum ersten Mal fiel mir auf, dass auch ich dieses Jahr meinen Abschluss gemacht hätte und Bedauern erfasste mich, obwohl ich es mir nicht erklären konnte, wieso.

„Gramps, wir müssen los!" Ihre Stimme klang weniger schrill als Saschas, doch die Ähnlichkeit war nicht zu verkennen.

„Ja, Rosalie, ich bin gleich bei dir und deiner Grams!" Er drückte ihr einen Kuss auf die Wange und sie lief zurück, zu einer Dame mit grauen Locken und einem hübschen Hosenanzug.

„Meine Enkelin hat heute ihre Abschlusszeremonie", sagte der Mann mit leuchtenden Augen.

„Oh, wie schön! Dann lassen Sie sich bloß nicht aufhalten."

Zögernd und unschlüssig stand er am Fenster meines Wagens und sah mich an.

„Kennen wir uns zufällig?"
Kurz überlegte ich. Ohne Zweifel handelte es sich bei diesem Mann um meinen Großvater. Ich sah meine Familie und konnte sie haben, ich musste nur zugreifen!

„Nein. Ich bin zum ersten Mal in Seattle."
Ich lächelte ihn an und er lächelte bedauernd zurück.

„Tja, dann. Kommen Sie zurecht?"
„Ja." Ich sah der kleinen Familie zu, wie sie glücklich lachend in ein Auto stiegen. Robin alias Rosalie lebte das Leben, das für mich bestimmt gewesen war. Und als ich in meinem Wagen saß und meinen bisherigen Lebenslauf betrachtete, sah ich ein, dass ihr Leben nichts mehr für mich wäre. Es käme mir oberflächlich und falsch vor. Und ohne jeglichen Neid zu verspüren startete ich den Motor und fuhr zurück in mein wirkliches Leben.

Nachwort

Das ist vermutlich die fünfzigste Version eines Nachworts und an diesem Punkt verliere ich langsam die Geduld mit mir selbst.
Ich habe am 24.04.2014 begonnen, dieses Buch zu schreiben, ohne zu wissen, was ich damit in meiner näheren Umgebung lostreten würde. Die unglaublich positive Rückmeldung, die ich schon nach den ersten Kapiteln von diversen Testlesern erhielt, half mir, dieses Projekt so durchzuziehen, wie es jetzt in Ihrer Hand liegt. Natürlich war die stille Kooperation meiner Lehrer ebenfalls ausschlaggebend, denn die letzten hundert Seiten habe ich ausschließlich in ihrem Unterricht geschrieben und nicht einer hat sich beschwert.
Als ich beinahe zwei Jahre nach Beendigung des gröbsten Schreibvorganges den Mut aufbringen konnte, es an einen Verlag zu schicken, war die beinahe sofortige positive Rückmeldung eine weitere Rückenstärkung.
Ganz nach dem Motto "Das Beste kommt zum Schluss", war meine ganze Familie ein absoluter Wahnsinn - im besten Sinne. Insbesondere jedoch meine Eltern, die breitwillig zu Lektoren und Sponsoren wurden.
Alles was ich sagen will, ist, Danke!
Es war mir ein Fest und ich setze alles daran, das zu wiederholen.

© privat

Ira Castellan wurde 1998 in einer kleinen Stadt nahe Salzburg geboren, geht dort zur Schule und lebt mit ihrer Familie in einem Dorf, einige Kilometer von der Landeshauptstadt entfernt. Sie schreibt seit dem frühen Kindesalter Kurzgeschichten und Märchen. Mit dreizehn begann sie mit ihrem ersten Roman, den sie allerdings nie veröffentlichte. "unwissend (un)schuldig" ist somit ihr Debutroman.